나다움을 지킬 권리

나다움을 지킬 권리

초판 1쇄 인쇄 2019년 12월 11일
초판 1쇄 발행 2019년 12월 18일

지은이 강원상

발행인 장상진
발행처 (주)경향비피
등록번호 제2012-000228호
등록일자 2012년 7월 2일

주소 서울시 영등포구 양평동 2가 37-1번지 동아프라임밸리 507-508호
전화 1644-5613 | **팩스** 02) 304-5613

ISBN 978-89-6952-373-0 03810

· 값은 표지에 있습니다.
· 파본은 구입하신 서점에서 바꿔드립니다.

나다움을 지킬 권리

강원상 지음

경향BP

어설픈 위로가
우리의 자존감을 깎아 내린다

외모와 돈 그리고 사회적 지위로 평가되는 한 마을이 있었다. 마을 사람들은 막연히 작은 행복에만 의존하는 소위 '착한 사람'들로 지긋한 경쟁과 비교에 지친 나머지 차라리 누군가의 관리를 받길 선택했다.

그곳 SNS 전광판에는 정거장만 다를 뿐 비슷한 내용의 안내 방송 같은 위로 글들이 반짝였다. "하기 싫은 일은 당연히 하지 말아야 하고, 하고 싶은 일을 하면 행복해진다."는 생명력을 잃은 목소리가 울려 퍼졌고 그들은 착했기에 누구보다 질서 정연하게 카톡 프로필에 담기 바빴다.

그럼에도 충족되지 않던 위로로 우울하던 마을에 한 허름한 차림의 사나이가 나타나 마을을 위로로 가득 메울 테니 바라는 것을 달라고 제안했다. 착한 마을 사람들은 약속을 했고 그가 피리를 불자 매일 충만한 위로로 하루를 버틸 힘을 얻게 되었다. 마을 사람들이 약속을 지키려고 바라는 것을 말하라고 하자 그는 기다렸다는 듯이 피리를 불어서 마을 사람들이 가진 스스로 가치 있다고 여기던 마음인 자존감을 모두 데리고 떠나 버렸다.

"괜찮아, 괜찮아, 이겨 낼 수 있어, 찬란해질 거야, 소중하니깐, 그런 사람을 만나요, 위로하는 밤….."

이렇듯 문제의 본질은 없고 매번 스쳐 가는 정서만 집착하는 위로 사회의 부작용은 아마도 공감과 위로, 동정 그리고 연민을 혼동한다는 것에서부터 발생했을지도 모른다. 유교 사상을 완성한 맹자는 타인에 대한 '연민'을 측은지심으로 여겼다. 즉 어린아이가 물가로 들어가는 모습을 보면 상대를 불쌍히 여기는 성정과도 같다고 정의한다.

철학자 스피노자도 『에티카Ethica』에서 '타인의 불행을 아파하는 마음을 연민'이라고 정의했듯이 상대의 고통스런 감정이 이입된 중후한 순수함이 바로 연민이다. 이런 가장 인간적인 모습을 가진 연민은 동정과 위로 그리고 공감의 밑바탕이 된다.

그중에서도 동정은 연민이 순수함을 잃은 상태다. 문제를 어떻게든 자의적이고 실질적인 도움으로 이끌어 내려고 노력할 때 생긴다. 그 선행적 도움이 오히려 상대에게 치명적인 상처를 남기는데 지극히 일방적이기 때문이다. 독일의 철학자이자 소설가

인 페터 비에리(Peter Bieri)는 "사람을 왜소하게 만들고 무시되는 것처럼 느끼게 해 존엄을 위협한다."라며 '동정'을 경계했다. 특히 작가의 글은 읽는 이로 하여금 크고 작든 영향력을 행사하며 주로 일방적 전달로 끝을 맺기에 비록 그들이 연민을 담았다 말하더라도 그 순수함을 잃기 쉽다.

물론 모든 동정이 부정되는 것은 아니다. 이런 동정이 가능한 전제 조건은 오직 동병상련일 때만 가능하다. 내가 실연당했을 때는 마침 실연당한 상대만이 나를 동정할 자격을 가지게 된다. 그러나 이 역시 같은 상황이라도 감정의 깊이와 결은 서로 다를 수 있다. 그래서 아마도 우리는 이럴 때 조금은 좋게 말해 '위로' 라는 단어를 사용하여 타인의 감정을 대신 보듬어 주는 말로 전한다. 바로 자신의 이야기를 함께 나누는 것이다.

그러나 '위로' 또한 '동정'의 순화된 단어일 뿐 역시나 서로에게 조심해야 할 단어이다. 그 누구도 상대의 상황과 심정을 예단할 수는 없다. 무엇보다 모든 의미는 상대가 결정하기 때문에 완벽한 위로는 애초부터 불가능하기 때문이다. 특히 누구보다 잘 안다고 믿는 친구 또는 커플 사이에서 이런 확신으로 상대를 쉽게 위로하려는 태도를 보이는데 오히려 상황을 잘 모르기 때문에 조용히 들어주기만 했던 제3자보다도 크나큰 실망감을 안겨 주는 명확한 이유가 된다.

사실 조금만 눈여겨보면 SNS 작가의 위로 글에서 공통점을 쉽
게 찾을 수 있다. 그들은 거의 비슷한 어투로 모든 것을 안다는
듯 조언하며, 마치 같은 상황이라는 듯 충고하고, 어떤 문제인지
모르지만 막연히 희망을 주입하는 생명력 없는 글을 구사한다.
때론 스스로 점쟁이가 되어 아름다운 배경 위에 그 흔한 글을 입
혀, 그것만 소지한다면 다가오는 5월에는 모두 괜찮아질 것이며,
6월도 충분히 이겨 낼 거란 부적을 서슴없이 찍어 낸다. 그리고
마지막 문구에 꼭 '당신은 소중하다.'란 말로 마침표를 찍어 고된
일상에 지친 유약한 사람들이 보기 좋게 걸어 놓는다.

그렇게 괴로움을 덜어 내고 슬픔을 달래 줄 것 같던 위로 글들
에는 어떤 설명과 이해도 없다. 오직 감성을 호소하는 데만 주력
한다. 어떨 때는 마치 스스로 보호자가 되어 독자를 보호하듯 대
하며 때론 편협적인 태도인 동정이 짙게 묻어난다. 그러다 보니
지속적으로 노출된 독자는 알 수 없는 부담을 느낀다. 마치 '당연
히 괜찮아야 할 것처럼, 힘을 내야만 할 것처럼, 이겨 내야만 할
것처럼' 착각되니 말이다.

"전혀 괜찮지 않고, 당장 힘을 낼 수 없으며 어둔 밤의 시간을

겪어야 할 때는 누구나 있다."

　문제는 이렇다 보니 자존감 형성에 무엇보다 중요한, 나를 들여다보고 스스로 인정하며 직접 격려하기 같은, 충분한 시간을 갖고 숙고하는 모든 것이 방해를 받는다. 누구에게나 시도 때도 없이 찾아오는 배고픔은 어떤 음식으로라도 위로하고 채워 줄 수 있다. 그러나 심적 배고픔의 깊이는 얼마나 넓고 아픈지 그 누구도 헤아릴 수 없기에 작가라고 해도 쉽게 채워 줄 수 없다. 해서 나와 상대의 간격이 분명히 존재하는 공감만 가능할 뿐이다. 우리가 어설픈 위로나 동정은 피하고 싶지만 공감만큼은 받고 싶어 하는 이유는 바로 이 때문이다.

　어설픈 위로는 자신만의 창으로 바라본 상대의 문제를 해결하겠다고 자청하는 것이라면, 공감은 상대의 창을 통해 객관적인 입장으로 최대한 견지해 보려는 통합적인 노력이다. 어설픈 동정이 마치 상대를 피보호자 즉 보호를 받아야 하는 사람처럼 여기는 것이라면, 공감은 상대를 한 명의 인격체로서 끝까지 존중하려는 인간적 태도이다. 동정과 위로가 상대의 슬픔이나 아픔만 주목하며 함께 감정에 매몰되는 태도라면, 공감은 상대가 충분히 마음을 추스를 때까지 곁에서 함께할 줄 아는 이성적 기다림과도 같다.

아무나 해 줄 수 있는 그런 당연한 말을 옮기는 존재가 아닌, 오랜 시간 동안 살아가기 위해 필요한 말을 건네주는 존재. 만약 그것이 작가라는 존재의 의미라면 감히 위로하려 하지 말고, 누구든 가져야 할 '나다움을 지킬 권리'를 기억한 채, 그저 누구의 것이 아닌 나의 이야기만을 아주 솔직하게 담고 싶다.

강원상

차례

1
사랑을 할 때 우린 가장
나다워질 수 있다

2

남을 바라보는 시선을 돌려
나를 들여다보다

3 선택을 멈추지 않는 한
우린 주인공이다

4 당신과 멀어지고
나와 가장 가까워졌다

5

6

좋은 사람을 찾는 것보다
좋은 관계를 맺는 것이 중요하다

1
_____

사랑을 할 때 우린 가장
나다워질 수 있다

첫 만남

드디어 개강을 하고 한 달이 지났다. 싱그러운 봄처럼 내 마음도 제멋대로 들떴지만 언제까지 신입생마냥 설렐 수만은 없었다. 3학년이라는 숫자는 이제 취업이라는 불편함에서 더 이상 자유로울 수 없음을 의미했기 때문이다.

학교는 집에서 통학하기엔 너무 거리가 멀었고 값비싼 월세를 감당하기도 벅찼다. 비록 경쟁률이 높긴 하지만 장학생으로 기숙사를 들어가는 방법밖에 없다고 판단했다. 마침 1, 2학년 때는 그동안 가혹한 대입 준비로 지치고 갑자기 주어진 자유를 만끽한 친구들 덕에 운 좋게도 3년간 장학생 자격으로 값싼 기숙사에서 대부분 시간을 보내게 되었다. 마침 그날은 금요일이었고 주말에 친구의 생일도 있어서 인천으로 가야만 했다. 그렇게 복학 후 처음으로 학교 통학버스란 신문물에 올라탔다.

버스 맨 뒤에서 3번째 줄 오른쪽 창가에 앉은 나와 친구는 여유 있게 자리를 잡았다. 바람에 떠밀린 파도마냥 뒤늦게 달려온 사람들로 인해 차곡차곡 빈자리는 순식간에 메워졌다. 창밖에는 마침 봄을 잊지 말라며 경쟁하듯 개나리들이 손짓하고 있었고 커플들은 개의치 않고 이 세상의 주인공은 바로 자신들이라며 웃음꽃을 남발하며 거리를 활보했다.

보지 말아야 할 것을 본 것마냥 얼른 버스 출입구 쪽으로 시선을 돌리는 순간, 분명 아까 창가 밖에서 바라본 개나리처럼 노란 빛깔이 점점 선명해지는 것을 느꼈다. 모든 빈자리를 메운 검은 머리들 틈에서 나는 마치 음식에 떨어진 머리카락을 발견한 것마냥 온 신경이 곤두선 채 오직 한곳에 집중하게 되었다. 버스 안으로 나풀거리며 들어오는 노란색에 몰두했다. 누가 옮겨 심었는지 아니면 바람에 날아 왔는지 내 심장에 정착한 그 반짝임은 무사히 내 좌석 옆 바로 건너편에 자리를 잡았다.

얼마나 한참을 바라보았는지 옆에 앉은 친구가 바라보는 것도 잊어버리고 있었다.

"저 노란 남방 여자 맘에 드냐? 뭘 그리 빤히 넋을 놓고 바라봐?"

"예쁘지 않냐?"

"아니, 내 스타일은 아냐. 가서 말 걸어 보든가."

"그렇게 괜찮으면 남자친구가 있겠지 뭐."

"예쁘다고 다 여자친구 있는 거 절대 아니더라. 그리고 그렇게 예쁘지도 않구면."

"손에 반지 보이냐?"

"반지는 안 보이네. 가서 말 걸어 보든가. 난 졸려서 잔다."

원래 친구라는 존재는 팀플레이로 게임할 때나 단체로 축구를 해야 할 때처럼 부족한 숫자를 채울 때만 필요하다는 걸 그때 깊이 깨달았다. 더 이상 티를 내며 바라보다가 그녀에게 오해를 살까 봐 괜히 창밖을 바라보았다. 아니 솔직히 말하면 얼룩진 창에 비친 그녀를 보았다. 좀 더 깨끗하게 세차하지 않은 운전사 아저씨를 원망하면서.

잠시 눈을 붙이던 친구녀석이 언제 깨어났는지 갑자기 혼자 격앙되어 말을 걸었다.

"야야, 방금 핸드폰 하는 걸 살짝 봤는데 ♥ 있더라. 분명 남친 있다. 그냥 포기해라."

"그러냐? 하긴 없으면 이상한 거지."

버스는 내 마음과 상관없이 평소 막히던 도로도 뻥 뚫리고 생각보다 일찍 서울에 진입했다. 종점이 가까워지자 마치 갯벌에 숨어 있다 썰물이 들어오자 빼꼼 머리를 내미는 '게'들마냥 하나둘 숙였던 시커먼 고개들이 스멀스멀 올라왔다. 그렇게 우리는 모두 한곳에 내려졌고 서울 2호선 전철을 타러 가기 위해 정거장과 연결된 멀티플렉스에 빨려 들어갔다.

"나 화장실 좀 다녀올게."

지상 1층을 놔두고 굳이 지하 1층까지 내려간 친구를 두고 먼저 간다고 할 수도 있었지만 곤란한 상황에서도 기다려 주는 게 친구의 의리라는 쓸데없는 말을 고이 듣고 화장실 앞에서 녀석을 기다렸다. 한데 마침 버스에서 봤던 그 노란 남방을 입은 소녀도 나를 스쳐 지나 곧장 여자 화장실로 들어가는 것이 아닌가.

잠시 억눌려 있던 마음이 또 다시 의지와 상관없이 요동쳐 댔지만 어차피 먼저 들어간 친구 놈만 나오면 이곳을 조용히 떠날 것이라며 애써 진정시켰다. 그러나 나의 이런 예상이 운명에게는 얼마나 가증스럽고 부질없는 기도였는지 금방 깨달았다. 뒤늦게 들어갔던 그녀가 오히려 친구보다 먼저 나온 것이다.

"저기… ○○학교 학생이시죠?"

나도 모르게 어느새 내 몸으로 그녀의 앞을 턱 하니 막고 진로를 방해하고 있었다. 매번 그랬듯이 몸은 머리보다 항상 빠르지만 역시나 대책은 없고 무모했다.

자신을 가로 막은 날 찬찬히 바라본 그녀는 대답했다.

"네."

"아까 학교 버스를 같이 탄 것 같아서요ㅎㅎ."(뭐야 그래서 뭐ㅠ)

"그런데요? 무슨 일이시죠?"

'남자친구 있는지만 물어 보고 정중히 빠지자.'

"저기 혹시 남자친구 있으신가요?"

"…."

"남자친구 없으시면… 제가 학교 근처 맛있는 핫도그 파는 곳을 알아요!"

(핫도그? 핫도그:::!!!!!)

"핫도그요?… 저 핫도그 제일 좋아하는데…."

'웅? 핫.도.그가 설마 통한 건가??'

"그럼 저랑 드시러 가시는 건가요? 네?!!"

내 친구가 남들보다 오랜 시간 자신의 큰 볼일로 중대한 거사를 벌이는 사이, 내 인생 가장 극적인 그녀와의 첫 만남이 이뤄지고 있었다.

이렇게 사랑은 소리 없이 찾아와 느닷없이 두드렸다.

38.5

갓 부은 용광로 쇳물처럼 붉게 상기된 얼굴, 한여름 논바닥처럼 바짝 말라 버린 침샘. 그 와중에 눈치 없는 심장은 요동쳤고, 거침없는 중력은 두 다리를 끌어당겨 후들거렸다. 평소보다 2도나 오른 내 체온은 '38.5'를 가리켰고, 난 고급 위스키를 병째 마신 듯 취하고 비틀거렸다.

첫 눈에 반한다는 건 이렇게 소리 없고, 거침없이, 또 의도치 않게 온몸을 뜨겁게 만들며 강렬하게 엄습한다.

세상의 온갖 미사여구를 붙여 이런 첫 느낌을 비유하려던 시인들은 모두 틀렸다. 이건 그 어떤 화려한 꽃의 아름다움 같은 심미성이 아닌, 길을 잃어 깊은 산속 아무도 찾지 못할 미지의 공간을 발견하고, 덮였던 어둠이 걷히면 거대한 굉음을 내며 쏟아지는 에메랄드 폭포수를 홀로 마주한 최초의 전율 같은 거였다. 그 짜릿함은 단순한 '아름답다'란 상징적 단어를 넘어 인간의 손으로 도저히 빚을 수 없는 작품을 보며 홀린 듯 숭고하기까지 했다. 이런 자태를 가진 당신이란 존재의 출현만으로도 내가 가진 모든 감각을 자유로이 해방시켜 버렸는데 어찌 검은 텍스트 하나만으로 샘처럼 쏟아지는 감정들을 감히 표현할 수 있단 말인가.

차라리 하얀 가운의 의사처럼 청진기를 꺼내어 이렇게 말했어야만 했다. 체온이 1도라도 떨어지면 면역력이 30%나 떨어지기에 하루에도 그 1도의 따뜻함을 지키기 위해 두껍게 옷을 껴입고 포만한 식사를 챙겨 먹고 따뜻한 물로나마 채워 왔는데 당신이란 존재의 출현으로 36.5란 나를 지키는 것도 모자라 고열에서는 절대 성장하지 못한다는 암세포도 멀리 두게 만들었으니 얼마나 감사한가라고 말이다.

*네덜란드 암스테르담 VU대학교 한스 이저먼 교수는 좋아하는 사람 곁에 있다면 인간의 체온이 평소 36.5도보다 2도 정도 올라간다는 것을 밝혀냈다.

심장은
우리를 먼저
내려놓은 적이
없다

그녀는 물었다.
"나를 얼마나 좋아하는데?"

가장 현실적인 사랑 영화 「클로저」의 여주인공인 앨리스처럼
그녀는 보이지 않는 사랑을 믿지 않는다고 말했다.

현실의 사랑은 이처럼 드라마 속 낭만보다는 솔직함을 요구하
는 확인의 연속이었고, 확신을 원하는 상대에게 해 줄 수 있는 말
이라곤 오직 내 의지가 담긴 다짐뿐이었다.

"심장처럼."

가 보지 못한 낯섦은 매번 신비스런 사랑으로 나를 이끌었고,
모두 둘러 본 익숙함은 점점 그 사람을 멀리 하도록 명령했다. 어
디 그뿐인가. 감정에 집중하면 멈출 수가 없었고 이성에 기댈수

록 뜨거움을 금세 잃어버렸다.

도대체 사랑이란 무엇이란 말인가? 사랑과 사람 사이의 차이
일까? 낯섦과 익숙함의 거리일까? 감정과 이성의 대립일까? 아
니면 집중과 기대의 교차일까? 왜 나는 너의 질문에 고작 '심장'
이란 단어밖에 찾지 못했나?

"단 한 번도 심장은 우리를 먼저 내려놓은 적이 없다."

보이지 않고 오직 느낄 수만 있던 사랑은 마치 탄생 후 필연적
으로 내 안에서 뛰기 시작한 뜨거운 심장처럼 숨이 다하기 전까
지 잠시도 쉰 적이 없었다. 어둑어둑 희미하던 내게 당신은 다가
와 작은 불을 켜서는 조금 더 따뜻해질 수 있다는 선명한 사실을
각성시켰다. 당신은 굉장한 무언가가 아니더라도 사소함이 가진
소중한 가치를 알려 준 세상 하나뿐인 존재였다.

무엇을 위한 어떤 이유가 아닌 누구를 위한 어떤 마음으로, 앞
으로 누군가라도 사랑은 계속되지만 당신과의 사랑은 다신 되풀
이될 수 없다는 마음으로, 저 심장처럼 뜨겁게 사랑하면 되었다.

걱정

당신이 오늘 식사를 거르지는 않았는지, 하루가 고단해 잠시 주저앉지 않았는지, 혹시라도 밤새 잠을 뒤척이지 않았는지 걱정했습니다. 나의 걱정이 당신의 위안까지 되지 못하단 것을 알면서도 이 끝없는 당신에 대한 걱정은 대체 어디서부터 생겨난 걸까요?

맛있는 것을 먹을 때마다 당신이 떠오른 것도,
아름다운 곳을 가도 당신과 와야겠단 것도,
좋은 글귀의 책을 읽고 당신에게 읊어 주고 싶은 것도….

이 세상의 모든 나쁜 것을 당신 주위에서 치워 버리고 가장 아름다운 것만 옆에 두고 싶은 그 마음이 사랑일까요?

나는 오늘도 걱정이란 산을 등반합니다.

혹시라는 기대로 당신이란 정상을 위해 한 발 한 발 내딛습니다.

그리고 뒤늦게 깨달았습니다.

식사를 거른 내가 당신의 식사를 걱정하고, 병상에 있는 내가 당신의 안녕을 걱정하고, 새벽공기 가득 메울 때까지 밤새 잠을 이루지 못한 내가 이불은 잘 덮었을까 당신을 걱정합니다.

걱정입니다. 내 모든 생각의 잉크는 시간이란 메모지 위에 오직 당신의 평온을 위해 기록하고 있는데, 혹시 내 걱정이 아직도 부족하지 않을까를 또 걱정하니 말입니다.

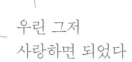

우린 그저
사랑하면 되었다

사랑을 할 때 우리는
자신이 사랑하고 있다는 것을 알지 못하며,
사랑이란 느낌에만 집중하고픈 욕심만 남는다.

이제 다시는 상대를 볼 수 없음을 실감할 때
비로소 소중함과 진심으로 사랑했음을 알게 되며,

밀려오는 이별파도에 숨 막힐 때 비로소
숨처럼 소중했던 사랑이었음을 깨닫는다.

그래서 사랑은 마치 완전히 잠에서 깨어날 때만
알 수 있던 '꿈'과 같다.

우리가 잠에 깊이 빠져들면

절대 꿈을 기억하지 못하며,

꿈이 조금이라도 기억에 남는 그 찰나는
이미 잠에서 깨어난 순간이었다.

깊은 잠 아무리 꿈의 흔적을 더듬어도 잡히지 않던 이유는
내 온 신경과 몸이 잠이란 달콤함에 이미 중독되었음이다.

그렇게 깊게 잠든 잠은 마치 사랑처럼 취하게 만들었고,
점점 생생해진 꿈은 점차 이별의 조짐이 되었던 것이다.

꿈의 시작은 어느덧 잠에서 벗어나 현실로 인도하고
가장 달콤했던 나의 황홀경을 흔들어 깨워 버렸다.

그렇다고 우리가 언제 꿈이 두려워 잠을 포기한 적 있던가?
마땅히 잠에 들어야만 했듯이 우린 그저 사랑하면 되었다.

풍경이 아닌
인물화

　매일 '5분만 더'란 달콤함을 못 이겨 오늘도 이렇게 두 발이 고생한다. 50분에 도착하는 버스를 타기 위해 45분에 나와서 뜀박질을 하고 있으니 말이다. 숨이 가빠 오를 만큼 뛰다 보니 저기 버스 정류장이 보인다. 다행히 오늘도 두 다리는 나의 게으름 때문에 한층 더 건강해진 기분이다.

　안도의 한숨을 깊이 쉴 때 정류장 앞 그 소녀의 눈과 마주쳤다. 이 세상의 모든 소리가 소거되면서 확연히 들려온 소리.

　'두근두근.'

　혹여 그 소녀에게 들킬까 봐 급히 고개를 숙이며 걸어 봤지만, 층간 소음마냥 내 맘도 무시한 채 멈추지 않던 그 소리.

'두근두근.'

인간의 심장은 뛰어서 가쁜 숨과 숨 멎을 아름다움을 본 뒤의 숨, 두 개의 공존이 가능했나 보다.

매일 타던 버스였고 어제와 같은 버스 정류장이었지만 분명 달랐다. 하늘이 맑고, 비가 내리는 날씨의 차이가 아니라, 산이 푸르고 낙엽이 지는 계절의 차이가 아니라 내 앞에 서 있어야 비로소 안도되던 너란 존재 유무였다.

당신은 나의 작품이었고, 멜로디였고, 한 권의 책이었다.
바라보면 어떤 것도 들리지 않았고
듣고 있으면 어떤 것도 보이지 않았고
읽고 있으면 어떤 것도 생각나지 않았다.

당신은 나의 시간이고, 공간이고, 아름다움이었다.

시간에 으스러지는 풍경이 아닌,
비바람에 흩어질 공간이 아닌,
당신은 불변의 아름다움을 품은 이 세상 유일한 인물화였다.

어쩌면

어쩌면 우리는 사랑을 두려워하는 것이 아니라
언제라도 떠날 수 있다는 그 사람을 두려워하는 것이며

어쩌면 우리는 사랑이 겁나는 게 아니라
결국 그 사랑의 끝에 홀로 서 있을까 겁내는지 모른다.

어쩌면 우리는 이별을 두려워하는 것이 아니라
더 이상 누군가에게 사랑받지 못할까 두려워하는 것이며

어쩌면 우리는 이별이 겁나는 게 아니라
다시는 그보다 좋은 사람을 만나지 못할까 겁내는지 모른다.

쉬운 사랑을 하는
사람들의
특징

분명한 '애착'과 '집착'을 구분하지 못하고
마땅한 '믿음'을 '방임'으로 여기며
자신의 '소홀함'을 '쿨함'이라 포장하는 사람들.

한 순간의 '끌림'을 '사랑'의 전부로 여기고
일방적인 '통보'로 '관계'를 쉽게 정리하며
의무인 '책임감'보다 '자기감정'에만 충실한 사람들.

이렇게라도 쉬운 사랑과 이별로 대체하려는 사람들.

만

당신만 열심히 좋아하면 될 줄 알았는데
언젠가부터 나만 좋아할까 봐 걱정하고 있고,

당신만 있으면 된다고 말해 왔는데
혹여 당신은 나만으로 부족할까 봐 두려워하며,

처음부터 너 하나만 바라보고 걷자 시작했는데
괜한 불안들로 정작 내가 걷던 길을 잃어버렸다.

이렇게라도 너만 잡고 있으면 나아질 줄 알았는데
결국 당신은 지쳐 먼저 떠나고 나만 남겨졌다.

진동벨
첫 번째 이야기

가져가라 해서 가져갔고요.
오라 해서 달려갔습니다.

나는 분명 내려놓았는데
내 눈에는 아직 반짝이고
내 귀에는 아직 들려오고
내 손은 아직 느껴지네요.

당신은 또 누군가에게 오라 하겠죠.
또 가지라고 하겠죠.
그리곤 놓으라고 하겠죠.

그렇게 또 홀리고 다니겠죠.
저 진동벨마냥.

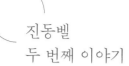

진동벨
두 번째 이야기

28 그리고 23

얼마나 흔한 숫자입니까?
달력에서도 찾을 수 있어요.
차량 번호에도 있더라고요.
하필 제 핸드폰 번호에도 있네요.

그런데 조금은 당황했습니다.
주문 후에 받은 5번이란 진동벨을 보니
당신이 떠올랐기 때문입니다.

28과 23은 서로가 가진 정체성이었다면
5란 숫자는 당신과 나의 거리였나 봅니다.

그때 조금 더 자신을 봐 달라 했던 당신처럼
숫자 5번이 바르르 떨고 있습니다.

그 처연한 모습을 보고 즉각 반응하는 저를 보며
왜 그땐 떨고 있던 당신을 지켜만 봤을까 자책합니다.

겨우 기계 따위가 부르는 소리와 떨림에도
늦지 않겠다며 달려 나가고 있으니 말입니다.

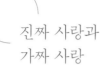

진짜 사랑과
가짜 사랑

　언제부터인가 '착하면 호구된다.'라는 말은 '따뜻함'이란 선함
까지도 호구로 변질시켰고, 그 누구도 믿지 말고 먼저 경계부터
해야 한다는 '불안'을 당연시했다.

　속이기 좋고 이용당하기 쉬운 사람을 뜻하는 호구는 남들의
감정과 기분을 들여다볼 줄 아는 선함과는 엄연히 다르다. 분명
한 건 그가 선하게 산다고 해서 호구가 되는 것이 아니듯이 누군
가를 진심으로 믿고 있다고 해서 그를 호구로 여겨선 안 된다.

　다만 자신의 많은 것을 잃어 가면서 맹신하는 것은 경계하고,
사랑은 어느 한 쪽의 희생이 아닌 함께 의존하는 공생과도 같음
을 인지하면 되는 것이 아닐까.

　모든 것에는 실체와 그림자가 있듯이 분명 사랑에도 진짜와
가짜는 있기 마련이다. 진짜 사랑은 너와 나의 성장이 함께 가능
한 사랑이며, 반면 가짜 사랑은 한 명의 희생을 통해 다른 한 명

이 일방적으로 이득 보는 관계이다.

진짜 사랑은 인간이 가진 결함을 양쪽이 인정하는 상태이다. 서로 완벽한 사람들이 만난 것이 아닌 각자가 평생 내적 성장을 위해 끊임없이 투쟁하고 극복해야 하는 숙제를 가진 주체임을 인지하는 것이다. 그렇게 서로의 부족함을 품어 주며 혼자일 때보다 둘이 될 때 점점 더 완숙한 인간으로 나아간다는 걸 믿고 함께 나아가는 것이다.

반면 가짜 사랑은 상대성의 인정보다 '의심'의 전환이 익숙한 사람들의 사랑이다. 여기서 의심은 상대를 오직 나의 세계관을 통해서만 바라보는 편협한 태도와도 같다. 내가 바라본 거울 안의 모습은 차량의 사이드미러처럼 실제로 더욱 가까워 보일 수도, 또는 절대로 보이지 않을 수도 있다. 이처럼 실제를 왜곡시키며 전혀 다른 것을 비출 수도 있다는 사실을 모르거나 애초부터 무시하는 것이다.

이렇게 상대를 나의 주관적 관점으로 끌어들여 바라볼 수 있다고 생각하는 사람들은 관계의 상대자는 물론 본인까지도 괴롭다. 상대에게 조금만 더 파고들면 모든 걸 알 수 있다 믿으며, 그렇게만 된다면 언제든 예측할 수 있다고 확신한다. 그렇게 점차 언제라도 떠날지 모른다는 불안에 사로잡혀 스스로를 괴롭히는 이중성이다.

반면 진짜 사랑은 언제든 어디로든 떠날 수 있는 자유로움을 인정한다. 마치 물과 같아서 흘러야만 깨끗함을 유지하고 본연의 빛을 유지한다는 사실을 알고 있는 것이다. 그렇게 흘러 흘러 결국 물이 닿아야 할 곳은 바다이듯 자연스레 수렴한다.

진짜 사랑은 존재이고 따뜻한 에너지이기에 살아 있고, 꿈틀거리며 끝없이 멀리 전달된다. 진짜 사랑은 그동안의 닫힌 눈을 크게 뜨도록 격려하고 각자의 사랑 속에서 보다 넓은 세상으로 바라볼 줄 아는 균형적 시선을 갖게 종용한다.

수술동의서

차가운 사랑의 수술대 위에 누워
내 온 것을 당신에게만 허합니다.

이 순간부터 당신은 내 모든 믿음의 증명이며
당신의 손길에 생이 결정되는 난치병 환자가 되기로 합니다.

어떤 설명과 납득이 필요한 의구심을 품기보다는
살려는 자와 살리는 자 간의 믿음만으로 확신을 갖기로 하였
습니다.
수많은 질문지 속에 오직 당신의 이름 하나만을 떠올리며
지독한 이별까지 허락하는 이 수술동의서에 직접 서명합니다.

그렇게 당신을 나의 집도의로 인정합니다.

반하다

첫눈에 반한 사랑은
상대를 알아서 반한 것이 아니라
내가 기대한 사람에게 반한 것이다.

그래서 당신에게 첫눈에 반한 나를 조심해야 하며
그렇게 다가오려는 상대도 경계해야만 한다.

언제라도 각자의 제자리로 돌아가는 것이
결코 이상하지 않은 불안정한 상태.

홀림과 배반의 이중적 의미 '반하다'

러시아 인형
마트료시카

화려한 나무인형이 너무 예뻐서 고민도 없이 사 버렸다. 이 목
각인형은 신기하게도 상체와 하체를 돌려 열면 보다 작은 나무
인형이 큰 인형 안에 담겨 있었다. 신기해하며 계속 돌려 꺼내 보
니 점점 더 작은 인형이 숨어 있었다. 결국 9번째가 되어서야 더
이상 돌려지지 않는 아주 조그만 인형만 남게 되었다.

이제 더 이상 나올 인형이 없음을 확인하자 나의 호기심은 모
두 끝이 나 버렸고, 나는 조용히 다른 재미를 위해 자리를 떴다.

마트료시카를 대한 그때의 내 감정은 호기심에 따른 놀이 그
이상도 아니었다. 처음에 예뻐 보여서 호기심에 다가갔고, 점차
알아 가는 재미로 한 꺼풀씩 꺼내 보며 조금씩 상대란 기대를 만
족으로 채웠다. 그러나 나의 기대와 충족되는 흥미 속에 점점 작
아지는 그녀를 끝내 마주하게 되고, 결국 더 이상 새로움이 존재
하지 않자 너무 단출해진 그녀의 진짜 모습에 흥미를 잃어버렸

다. 결국 알고 싶단 호기심으로 시작된 재미가 모두 끝난 것이다.

"내가 생각했던 사람이 아니야."

매번 우리는 상대에 대한 '실망'과 '처음과 다름'이란 이유로 스스로 떠나가야 할 이유를 쉽게 찾곤 한다. 하나 한 번은 진지하게 생각해 봐야 한다.

처음부터 나의 '기대'와 '환상'으로 그들에게 너무 많은 옷을 입혔던 것은 아니었는지, 매 순간 누구보다 완벽하다고 믿었던 사람을 나는 왜 먼저 떠나갔는지.

사랑이
아름다운 이유와
사랑의 어원

서로가 만들어 가는 사랑이 아름다운 이유는 두 가지다.

첫째, '나란 사람의 존재'를 일깨워 준 당신을 만난다는 것.

누군가를 좋아하면 우리 몸에서는 꼭꼭 숨겨 두었던 모든 신경감각계가 발동한다. 그 근엄하고 도도하던 그와 그녀들이 유치한 말들과 행동까지 하게 되는 이유는 바로 너를 만나 내가 전보다 조금 더 인간다워지는 체험을 하기 때문이다.

그저 나의 부족함만 들여다보던 나란 사람을 나의 부족함까지 품어 주고 사랑해 주려는 당신을 마침내 만난 것이다. 그렇게 나는 너란 사람을 만나 타인이 기대하는 나로 살아가기 위해 꾹꾹 눌러 놓은 자존감을 고무시키고 잃었던 인간미를 자연스레 발현시키게 된다.

메마른 모래만 가득했던 사막에 설렘이란 펌프를 가동시키며 온정의 오아시스를 만들었고, 보잘 것 없어 보인 설탕 같은 나란 존재는 너라는 원심기를 만나 세상 달콤한 솜사탕으로 재탄생된다.

둘째, 사랑 그 자체가 우리의 삶이기 때문이다.

'사랑하다'의 어원은 '생각하다', '사람', '살다'란 단어들이 관련이 있다. 아주 오래전에 생각을 뜻하는 '사(思)'와 부피를 뜻하는 '량(量)'이 합쳐진 한자어의 의미처럼 상대방에 대한 애틋한 생각으로 들뜬 마음을 칭하던 사랑의 의미는 보다 확장되어 지금은 '무엇이나 귀중하게 여기는 생각'으로 보편성을 갖게 되었다.

무엇보다 개인적으로 눈여겨보는 단어는 바로 '사람'과 '살다'이다. '사랑'과 '사람' 그리고 '살다', 이 세 단어는 '살'이란 숨, 생명을 뜻하는 단어와 동일한 어근을 가진 동의어이다. 즉 세 단어의 어원이 목숨, 생명을 의미하는 '삶'이란 단어로 모두 수렴된다.

*사랑하지 않는 삶은 사는 것이 아니며,
*사람은 삶을 살면서 사랑하지 않을 수 없으며,
*산다는 건 사랑하는 사람을 만나는 여정과 같음이다.

이 문장들을 정리하면 "사람은 사랑하지 않으면 살 수가 없다."란 한 문장으로 완성된다. 여기서 '살 수가 없다.'란 말은 단순히 눈을 뜨고 감는 반복의 생활이 아닌 삶과 죽음이란 생존의 의미로 반드시 충족되어야 할 필연성을 가진다.

이처럼 지금까지 사랑은 인간에게 생존을 위한 선택이 아닌 필수였다. 때문에 인류는 수많은 전쟁과 허덕이는 기아와 분쟁이 사그라지지 않는 이 척박한 환경에서도 '사랑'이라는 한 단어로 민들레처럼 꿋꿋하게 오랜 시간 동안 강하게 생존할 수 있었던 것이다.

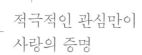

적극적인 관심만이
사랑의 증명

"나는 그녀를 누구보다 사랑해요."
"그는 저를 사랑하지 않아요. 저는 그의 일부일 뿐이에요."

사랑을 구하고 얻는 데 성공한 사람은 그동안 공들인 성취감
에 행복하겠지만 어렵게 그 사람의 사랑을 받아준 사람은 비로
소 사랑을 시작하는 준비를 한다. 어떻게 해서라도 마음을 얻어
야만 했던 사람은 전부를 주었다가 자신의 본래 자리를 찾기 마
련이고, 점차 익숙함은 소홀함이란 늪에 빠지며 점점 상대에 대
한 무관심을 당연시한다.

그렇다고 해서 그가 그녀를 사랑하지 않는 것이 아니다. 그의
말처럼 그 누구보다 사랑하고 있다. 다만 처음에 다가왔던 그 마
음이 현저히 줄어들었음을 상대는 이미 온몸으로 체감하고 있다
는 사실을 모를 뿐이다.

만약 누구보다 동물을 사랑한다고 말하면서 정작 반려견에게 물과 음식 주는 것을 매번 잊는 사람이라면 아무도 그가 '동물'을 사랑한다고 믿지 않을 것이다.

　사랑은 이처럼 사랑하고 있는 자의 생명과 성장에 대한 '적극적 관심'이다. 이런 적극적 관심이 결여된 사랑은 건강한 사랑일 리 없다. 그래서 누구보다 당신을 사랑한다는 그의 말이 그녀에게 공허한 이유다.

아쉬움

　나와 당신 사이에 아쉬움이란 끈이 오랫동안 유지되면 좋겠습니다. 인사하고 나서의 아쉬움, 전화를 끊고 나서의 아쉬움, 서로 헤어지고 나서의 아쉬움.

　수시로 찾아오는 아무라도 필요할 때 없는 부재의 아쉬움이 아닌 지금보다 조금 더 만족스럽게 하지 못한 이 모든 아쉬움 말입니다. 당신에 대한 기대와 당신이란 존재에 각별함을 오래도록 연장케 하고 반드시 우리 관계가 내일까지 무사해야만 하는 이유를 매번 증명할 테니 말입니다.

　부디 당신만큼은 '남'이 되지 않길 바란 애절함으로,
　영원히 내게 당신은 '남'처럼 쉽게 대할 수 없는 소중함으로,
　뭍에 가까이 닿고자 평생 밀어 보내는 저 파도의 아쉬움으로.

보다 좋은 걸
주고픈 마음

　무엇도 해 주지 못하는 나의 모습을 보는 순간 내가 얼마나 보잘 것 없는 사람인지 깨닫게 된다. 갈증 난 자신이 물 한 병 마실 돈이 당장 모자랄 때보다 그 물을 원하는 사람이 곁에 있어도 감히 사 주지 못하는 때처럼 말이다. 이런 극단의 상황 말고도 무언가 줄 수는 있지만 보다 좋은 것을 주지 못하는 경우는 빈번하다. 특히 진심으로 사랑하는 사람의 출현은 그 마음을 여실히 느끼게 만든 경험을 제공한다.

　마트 분유 코너에서 프리미엄이 붙은 분유를 한참 바라보며 쉽게 카트 안에 넣지 못하는 저 부모의 심정은 과연 어떨까? 조금이라도 더 좋은 것을 해 주고 싶어 하는 부모의 사랑으로 자란 그 자식들도 마침내 사랑하는 사람을 만나 부모의 마음을 조금은 깨닫게 되는 순간은 반드시 온다.

　상대를 위해서라면 무엇이든 할 수 있던 그 뜨거운 용기도 조금 더 나은 선물과 근사한 장소를 제공하지 못하는 현실적 한계에 점점 부딪치고 만다. 스스로의 만족 문제일 수도 있지만 주변 커플들과의 비교는 항상 나의 부족함을 커 보이게 만들었고, 살면서 시청했던 드라마의 주인공들은 얼마나 로맨틱한 장소와 선물들로 감동을 선사했던가?

결코 나의 사랑이 부족한 것이 아니라며 마음을 다잡지만 상대의 표정, 태도, 말 속에 담긴 만족지수를 눈으로 확인할 때 비로소 안심이 되었던 때가 있다.

생각해 보면 오직 내 마음의 크기보다 상대의 만족 확인까지 유념하려는 그 따뜻한 마음을 가졌을 때는 바로 누군가를 열심히 사랑했을 때가 유일했다. 마치 프리미엄 분유를 먹은 아이는 괜히 덜 아프고 금방 성장할 것 같은 엄마의 마음처럼 조금 더 나은 걸 주었을 때 내 마음은 안심되고 우리 사랑도 무사할 것 같은 믿음처럼 말이다.

단지 좋은 걸 주고 싶다는 마음 자체가 사랑의 본질은 아니겠지만, 최소한 나는 누군가를 위해 열심히 숙고했고, 최선을 선택하고자 했으며, 숨찰 듯 두근거렸던 온정의 마음을 가져 본 따뜻한 사람이란 증표는 아니었을까? 물론 이 모든 건 누군가가 아닌 바로 당신이란 유일한 존재를 만났기에 가능했지만 말이다.

모래바람

'예측'은 인간의 생존을 위한 필요조건이라면
'닮음'과 사랑의 완성은 필요충분조건.

예측은 어떤 사건이 일어날 만한 상황을 상상하는 행위라면
닮음은 상대의 생각과 태도에 동화되는 합주 같은 것.

당신을 언젠가 만날 거란 평생의 예측이 있었기에
지금까지 살아남은 생존의 이유 같은 기다림.

당신을 점점 닮아 가는 내 모습은 마치
바람에 따라 들썩이는 사막의 모래.

어떤 모래도 처음부터 가볍지 않았기에
언젠가는 더 멀리 나아갈 수 있다는 확고한 예측.

바람에 의해 잘게 부서지고 또 쪼개질지라도
모래는 절대 불평해서는 안 되는 것.

당신을 닮아 가는 나의 모습 속에서
왜 당신을 지켜야만 하는가에 대한 해답.

당신을 지키는 것이
바로 나를 지키는 것.

당신을 닮아 가는 나,
날 닮아 가는 당신.

모래와 바람이 아닌
'모래바람' 같은 하나의 합성어.

냉정과 열정 사이

냉정한 남자가 있다.

매사 이성적이고, 논리적이며 계산적인 그가 우연히 한 여인을 만났다. 분명 먼저인 스케줄이 있음에도 불구하고 언젠가부터 그녀가 가장 중요한 스케줄의 주인공이 되었으며 야근 후 되돌아올 대중교통이 없다는 사실보다 그녀와의 짧은 만남이 아쉬울 정도로 비정상적인 사람이 되어 버렸다. 그렇게 모두에게 냉정하던 그에게 그녀는 사랑이란 열정의 씨앗을 심어 주었다.

열정적인 여자가 있다.

처음 마주한 그의 차가운 눈빛 속에서 나를 경계하는 불안은 물론 깊이 자리 잡은 외로움까지도 분명히 느낄 수 있었다. 모순되지만 모든 빛에는 어둠이 필요했듯 왠지 그에게 나는 꼭 필요한 존재였던 것 같다. 나의 따스함으로 그 어둠을 감싸 줄 수 있을 거라 믿었는데 그 반대였다. 내가 얼마나 따뜻한 열정을 가진 사람이었는지 그리고 나도 충분히 괜찮은 여자란 걸 당신을 통해 알게 되어 버렸다.

이렇게 냉정과 열정 사이에는 '기존에 할 수 있던 것만 행하던 나'에서 '무엇이든 할 수 있는 초월적인 나'로 분리시키고, 한때 잃었던 따뜻함을 깨닫게 만든 당신이란 사람이 존재했다.

사랑의 크기

사랑이 어려운 것은 건네는 것만큼 채우는 것이 어렵기 때문이다. 나는 가득 담은 사랑이란 내용물을 충분히 채웠다고 생각하지만, 정작 건네받은 사람은 그 내용물이 매번 부족하다고 느끼는 결핍으로 불만을 야기한다.

마치 Tall(13온스) 사이즈 가득 담긴 내 커피 전부를 당신에게 따라 주었는데 정작 상대방의 컵 사이즈가 Venti(20온스) 사이즈였을 때 턱없이 부족함 같은 것이다.

결국 완만한 사랑의 진행을 위해서는 내가 상대방에게 주는 사랑의 충만함뿐만 아니라 내가 상대에게 받고 있는 기대란 컵의 사이즈를 얼마나 상대에게 맞춰 가는지가 중요하다.

이만큼 채워 줄 사랑을 원하는 사람,

이만큼에도 충분히 만족해 줄 수 있는 사람,

과연 나와 당신은 서로에게 어떤 사람이었나.

사랑의 시선

사랑이란 예측 불가한 방아쇠로 이끌리는 간절함이야 누구의 의지가 아니지만, 그 파괴력 있는 총구의 방향을 겨누는 건 오직 나의 의지에 달렸다.

누구나 이별 후 습관처럼 내뱉는 "그는 나와 맞지 않다."는 말의 저의는 '어딘가에 내게 맞는 사람이 존재한다.'는 가정이 아니다. 어딘가에 나에게 맞춰 주는 사람이 존재할 거라는 막연한 바람이다. 즉 어떤 상황에서도 나를 바꾸지 않겠다는 선언이며, 언제라도 내 감정, 내 생각, 내 판단만으로 헤어지겠단 쉬운 이별 다짐이다.

다행히도 사랑은 누구나 할 수 있는 동등한 자격을 갖지만, 평생 동안 충만한 사랑을 경험할 기회는 개인이 가진 사랑을 바라보는 시선에 따라 분명한 차이가 있다. 앞으로 어떤 미지의 조각들이 떨어질지 모르는 테트리스처럼 사랑도 결국 시작과 함께 끝을 향해 달리기 마련이다.

다만 시작과 함께 작은 시행착오를 하게 되면 바로 리셋을 눌러 버리는 가벼운 마음을 가진 사람 앞에서는 사랑은 그저 동전을 잔뜩 세워 놓고 시작한 한 판의 게임과도 같다. 그러나 이번이 마지막이라는 마음으로 떨어지는 각기 다른 모형의 특성에 맞게 최선을 다한 사람은 한 줄 한 줄 채워 나가며 마지막 남은 한 줄의 공간까지도 채워 낼 수 있다는 희망과 믿음을 실현하고 누구도 겪지 못한 사랑의 지속성을 경험하게 된다.

이처럼 사랑하려는 자에게는 두 가지 시선이 존재한다. 상대의 모습과는 상관없이 오직 나라는 조각에 무조건으로 맞춰 줄 이상형을 기대하는 환상적 시선과, 어떤 모습을 가졌더라도 서로 다른 차이를 인정할 줄 아는 이해심을 가지고 끝날 때까지 서로의 빈 공간을 부단히 메워 가는 실제적 시선이다.

전자에게 '차이'는 금세 새로운 사랑을 시작하는 방아쇠가 되며 가볍게 흔들리는 총구는 언제나 이별을 향하기 마련이지만, 후자에게 '차이'는 서로가 극복해야 할 대상이 되어 더욱 집중시키며 무엇보다 단 한 발밖에 남지 않은 초심만큼은 절대 분실하지 아니하려 한다.

나와 당신만의 무대

"한눈에 당신에게 빠져 버렸어요."라는 농도 깊은 낭만성이 지금까지도 우리들에게 가장 큰 영향을 끼치는 이유는 그 순간만큼은 계획되지 않은 우발성과 예상치 못한 놀라운 마술과 같아서다. 이에 대해 철학자 바디우는 "이런 만남의 낭만성을 사랑에 소진시키는 것은 한순간에 불타 버리고, 소진되며, 동시에 소비된다."고 경고했다.

그도 그럴 것이 누군가에게 우리가 어떤 강렬함과 끌림을 느끼는 건 보통 우연적인 '만남'이라는 사건을 통해 전개되기 때문이다. 영화나 드라마를 군이 예로 들지 않아도 각자의 경험을 곱씹어 보면, 그때 그 순간 상대를 만난 찰나의 느낌은 끌림이란 강렬함으로 이미 긍정적인 미래를 그리고 있으니 말이다. 그리고 보통 이런 전개는 '독립된 둘이 등장하는 무대'가 아닌 '서로가 원하는 대상, 즉 기대가 투영된 이상형을 등장시키기 위한 무대'

로 마무리된다.

현실 속의 사랑은 남녀 두 주인공이 각각의 대사와 즉흥적인
행위로 만들어 가는 1인칭 작가 시점이지 마치 각자가 모든 것을
알고 있는 작가가 되어 펜에 따라 본인이 원하는 취향을 투영하
여 상대를 그려 나가는 전지적 작가 시점이 아니다. 어떤 드라마
보다 더 극적이고, 어떤 소설보다 더 반전이 있으며, 어떤 영화보
다 더 아름답고 슬픈 사랑 이야기가 될 수 있는 현실의 사랑 조
건은 오직 하나다.

그 누구에 의해서가 아닌 오직 둘만이 바라는 스토리를 독립
된 무대 위에서 만들어 가는 주연이라는 사실을 결코 잊지 않는
것이다. 물론 세상 어디에도 존재하지 않는 우리만의 이야기가
끝날 때까지 말이다.

사랑은 절대
한곳에 머무르지
않는다

어느 날 내 앞에 나타나 꾸준히 나만 사랑해 주는 한 마리 반려견을 만나게 되는 순간 우리는 알 수 없는 소중함과 존재감을 느끼며 태초에 엄마 품으로부터 느낀 무조건적 사랑을 자연스레 상기시키게 된다. 그것에 그치지 않고 받아 온 무한의 사랑을 정도에 따라 다르지만 발산하게 되어 점점 다른 동물에 대해서도 관심을 갖게 되고 끝내는 살아 움직이는 모든 생명을 바라보는 시선 자체가 확연히 달라진다.

바로 살아 숨 쉬는 모든 생명의 소중함을 인지하는 바람직한 사랑으로 확장되어 한 인간으로 성숙되어 가는 과정이다. 누군가를 진심으로 사랑하는 마음은 절대 한곳에 머무르지 않는다. 머무르면 곪고 썩어 버리지만 흐르면 새로운 생명으로 불어난다.

리어카를 밀고 가는 노인을 바라볼 때,

주문을 받으러 온 직원을 대할 때,

길을 잃은 고양이를 마주할 때,

아이의 넘어짐을 목격할 때….

봄바람처럼 온기가 가득하여 만물을 소생시키는 사람의 사랑은 주위 모든 것을 사랑하는 따뜻함을 지닌다. 바로 '존재를 대하는 존중'이다.

반면 오직 당신에게만 과분하게 충성하는 상대의 모습은 마치 댐에 갇힌 물과 같아서 주변의 것을 고사시키고 썩히며 언제라도 침수시킬 폭력성을 가진다. 그래서 얼마나 나를 사랑하는가를 확인하기 전에 무엇보다 내 주위 모든 것을 대하는 그의 시선이 먼저다.

그 사람이 가진 존중의 무게에 따라 이별이란 끝은 극명히 달라진다. 한 명을 위한 충성은 언젠가 보상을 요구하는 강요와 집착으로 전환되기 마련이고, 당신을 진심으로 존중한다면 이별의 상황에서도 끝까지 당신의 슬픔과 아픔을 헤아리려 할 테니 말이다.

"사랑에는 분명 먼저여야 하는 순서는 있을지언정 높고 낮은 서열은 결코 존재하지 않는다."

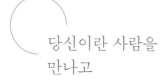

당신이란 사람을
만나고

당신이란 소중함을 무엇보다 우선에 둠으로써 평생 나밖에 몰랐던 나의 이기적 성향을 다시 생각해 보았습니다. 또한 신뢰란 단어를 타인에게 애써 구걸하거나 인위적으로 구하려 계산하지 않으면서도 언제든지 당신이란 사람과 군건한 구축이 가능하단 사실을 직접 체험하는 놀라운 경험을 하게 되었습니다. 그로 인해 사랑을 경험한다는 건 혼자였을 때와는 완전히 새로운 세계를 창조시키며 나란 사람이 괄목하게 성장할 수 있던 특별한 경험이 맞았습니다.

평생 고분고분 순응하는 삶이 당연했던 누군가가 있었다고 합니다. 그런 그가 거역하지 않았던 부모님의 말도 거부하며 강렬히 저항하기도 하고, 온몸이 지쳐서 쉬고 쉽지만 보고 싶다는 마음 하나로 달려가기도 하고, 모든 것을 제치고 오직 상대를 위해 자신의 시간과 자원을 집중할 수 있었던 이유는 무엇일까요?

어느 날 갑자기 불어 닥친 태풍으로 집을 덮고 있던 지붕이 날아가도 애써 밝은 얼굴로 '이제 네가 가장 좋아하는 별들을 쉽게 바라볼 수 있겠구나.'라며 인생의 희망을 잃지 않은 이유는 오직 하나였습니다. 오직 '너만큼은 내 곁에 함께 있으니'란 그 안도감이 앞으로 일어날 어떤 불확실한 미래 상황들도 충분히 긍정적으로 바라보게 만든 힘이 되었기 때문입니다.

당신이란 사람을 만나고 분명히 저는 달라지고 있었습니다. 시선, 의식, 태도, 행동, 말투, 눈빛, 그중에서도 무엇보다 바로 나 자신을 대하는 모습이 말입니다. 그전까지 나의 흠결과 단점들을 바라보며 자책했다면 지금은 그것들을 애써 부정하지 않은 채 대신 내가 가진 장점들을 들여다보게 되었습니다. 그렇게 분명히 존재했지만 소홀했던 나다움을 하나씩 발견하게 되었습니다.

I'm yours

'사랑'은 I'm yours가 아니라 I'm yours but I'm not yours였다.

풍덩 저 바다에 온몸을 던져 놓으면 눈은 감기고 숨은 막히고, 피할 수 없는 답답함에 어떻게든 벗어나고 싶었으니 말이다.

가던 길을 쉬이 나아갈 수 있도록,
자유로이 숨 쉬며 헤엄칠 수 있도록,
그리고 안전하게 즐길 수 있도록
온몸을 깊이 잠그는 것이 아닌 숨을 쉴 만큼만 함께 하는 것이다.

물에 흠뻑 젖었다고 해서 내가 물이 될 순 없단 걸 인정했기에 그저 저 바다를 평생 떠나지 않은 해녀의 마음처럼 말이다.

사랑 불능자

살면서 몇 번의 사랑을 하게 될지 아무도 알 수 없다. 다만 분명한 건 누구에게나 사랑을 할 수 있는 기회가 주어지지만 함께 오래하는 사랑은 의외로 쉽지 않다는 사실이다.

노부부가 오랫동안 사랑할 수 있는 이유는 그들의 사랑이 남들보다 흘러넘쳐서가 아니라 서로를 사랑받아야 할 존재로 인정했기 때문이다.

나를 가장 잘 알고 있는 친구와 오래 함께할 수 있는 이유는 단순히 시간이 오래 흘렀기 때문이 아니라 그가 나의 장점뿐만 아니라 단점까지 인정해 주었기에 가능하다.

이처럼 사랑을 위한 준비 중 가장 필요한 건 상대란 존재를 오롯이 인정해 줄 상대성을 체화하는 것이다. 그리고 이런 상대성을 가진 사람끼리 만났을 때 비로소 둘은 장기적인 성장이 가능하다.

반면 사랑을 낭만성에 쉽게 투영시키는 사람들의 사랑은 당장 무너질 모래성과 같다. 사랑을 주는 가치를 모르고 받아야만 비로소 사랑이라 믿으며, 자신의 단점을 치밀하게 숨기고 장점으로 포장하느라 바쁘며, 누구보다 빠른 이별과 곧바로 새로운 누군가를 찾는 데 능숙하다. 나는 이런 자들을 '사랑 불능자'라고 칭하고 싶다.

어렸을 적에 엄마에게 받은 사랑을 여전히 갈망하는 나이만 먹은 어른들의 사랑은 스스로 부모가 되는 것이 아닌 부모 같은 사람만을 평생 찾고 갈구할 뿐이다.

보고 싶단 말에 주저 없이 달려오는 사람, 무엇을 갖고 싶다고 흘린 말에 고민 없이 달려가 사 올 수 있는 사람, 자신의 배고픔과 힘듦을 언제라도 우선적으로 돌봐 줘야 하는 사람.

아이는 다행히도 엄마의 사랑을 충만히 받아 성장이라도 하는데 나이만 먹은 어른들의 아이 같은 사랑은 서로의 성장을 방해하고 파멸시킨다.

그렇기에 사랑 불능자들은 도저히 이해하지 못할 것이다. 사랑은 내가 얼마만큼 한 사람을 그대로 인정하면서 사랑할 수 있는지에 대한 실전인지를 말이다.

좋아하는 사람의
하루란
특별한 시간

누군가를 좋아한다는 건 시간을 초월하는 것이다.

전날 예열시킨 설렘으로 맞춰 놓은 알람보다 일찍 일어나 상대를 먼저 깨우고, 본능적인 나의 허기짐보다 상대의 식사를 먼저 물어보고, 나의 야근보다 상대의 정시퇴근을 대신 반가워하며, 퇴근길 밤하늘을 바라보며 오늘도 당신 곁에서 염려할 수 있음을 감사히 여기는 것.

나에게 주어진 24시간이란 시간을

당신의 걱정으로 기꺼이 소비시키는 것.

예측하지 못한 최초의 만남 이후

결국 내 모든 시간은 갈피를 잃고 마땅히 추월당하는 것.

해서 좋아하는 사람의 하루는 누구보다 특별하다.

"당연하던 하루란 시간들을 상대란 존재를 통해 민감하게 재조명하기 때문이다."

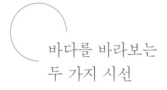

바다를 바라보는
두 가지 시선

한 사람을 선택하면 오래 사귀는 사람과 1년도 안 되는 연애를 반복하는 사람. 이 두 가지 서로 다른 사랑법을 대하는 주체들은 어떤 차이가 있을까? 이건 마치 푸른 바다를 바라보기만 하는 '관망자'와 심해 온 구석을 체험한 '다이버'와 같다.

평생 해안가를 배회하며 수평선만 바라본 사람은 매번 밀려들어 오는 아름다움에 도취되지만, 단 한 번이라도 깊은 심해를 들여다본 사람은 바다의 광활함과 치명적인 두려움을 동시에 느끼기 마련이다.

여태 짧은 연애만 해 온 사람들은 반짝이는 모래사장 같은 설렘에 이끌려 연애를 시작하며 곧 다시 쓸려나가는 파도처럼 알 수 없는 공허함에 매번 매몰되길 반복한다.

반면 일생에 맞닿은 시간이 너무도 길어 깊은 상흔을 품어야만 했던 긴 연애 경험자는 아무리 치명적으로 아름다운 바다 앞에서도 쉽게 발을 담그지 않는다. 누구보다 깊은 바다를 본 자로서, 그러기 위해서는 온 장기 구석까지 깊은 숨으로 채워야 한다는 걸 누구보다 잘 알기 때문이다.

칠흑 같은 심해 속에서 바다와 하나가 되기 위해 온 정신과 의식을 오직 나와 바다에만 집중한다. 이런 깊은 교감의 경험과 합하고자 노력했던 시간들은 '닮아 감'이란 긍정의 거름이 된다.

물론 사랑의 지속성은 생각처럼 쉽지 않지만 누구에게나 동등한 기회를 제공했고, 저 깊은 바다 속은 누구나 체험할 순 있었지만 그렇다고 아무나 허락되는 아름다움은 아니었다.

사랑이라는
작품

"평범한 물건을 액자에 넣으니 그 형태와 색, 울림을 관성적으로 무시하지 않게 되었다. 액자는 그런 의미였다."

-알랭 드 보통, 『우리는 사랑일까』

사랑이 가지는 특별함이란 저기 길거리에 버려진 보잘 것 없는 깡통들처럼 낯설지 않던 것들이 액자에 끼워지는 순간과 같다. 마치 예술가 앤디 워홀의 작품들처럼 말이다.

지금까지의 사소함은 미화시키고 오직 나란 관객의 시선을 빼앗는 하나의 작품이 된다. 그것의 평범함은 숨겨지고 지나쳤던 것을 멈추도록 하며 하찮던 것을 특별하게 만든다. 그렇게 누구라도 한 번쯤은 예술가가 되고 또는 누군가의 다시 보고픈 걸작으로 남는다.

사랑을
잘한다는
의미

"사랑을 잘하고 싶어요."

여기서 '잘'은 '익숙하고 능란하게'라는 뜻보다는 '옳고 바르게'라는 의미로 보는 것이 맞다.

익숙하다는 건 경험의 누적값이며, 요령이고, 소홀함이라는 차라리 피지 말아야 할 씨앗을 품고 있다. 그러나 옳고 바르다는 건 애초부터 내가 가진 생각과 의식이 충분히 다를 수 있다는 인정으로 시작한다. 전자는 자신이 가진 지식과 경험에 대한 확신이고, 후자는 사실과 어긋나지 않도록 자신이 알고 있는 것에 대한 확인을 쉬지 않은 태도다.

전자는 인간보다 높은 체온을 가진 반려견을 두고 한여름에 외출할 때 선풍기를 끄고 나가는 살인적 행위와 같고, 산책에 데려간다며 유일하게 땀을 배출하는 곳인 발바닥에 신발을 신기고 나가는 우둔함과 같다.

전자는 단지 쉬고 싶다는 의사표현으로 배를 보이며 누웠을 때 주인에게 복종한다며 편히 쉬지도 못하게 배를 계속 쓰다듬는 착각일 수도 있고, 자신 때문에 불안하고 두려워 꼬리를 흔드는 지나가는 개의 주둥이 앞에 손을 내미는 위험과도 같다.

사랑한다는 것이 상대를 알아 가는 것이라면, 사랑을 잘한다는 건 그 알아 감을 게을리하지 않는 것이다. 단순히 좋아하는 호기심과 몇 번의 경험으로 요행을 부리는 것이 아니라 충분히 알고 있다는 오만을 끝까지 부정하며 앎을 실천하는 끈기가 수반된다.

'사랑을 잘한다.'는 건 상대의 마음을 어떻게 흔드는지를 아는 것이 아니다. 언제라도 흔들릴 수 있는 상대에게 믿음이란 묘목을 심고, 평생 알아 가는 마음으로 신뢰란 열매를 맺으려는 농부의 마음과 같다.

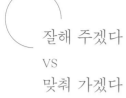

잘해 주겠다
VS
맞춰 가겠다

　새로운 이와 관계를 만들기 위해서 우리가 가장 먼저 하는 것
은 상대를 알아 가기 위해 던지는 여러 질문이다.

　무슨 음식을 좋아하는지 싫어하는지,
　어딜 가 봐서 좋았는지 싫었는지,
　누굴 만나서 좋았는지 싫었는지.

　그 좋음과 싫음에서 난 '싫음'에 집중하려고 한다.
　모두가 당신이 좋아하는 것을 알기 위해 노력하려 할 때 난 당
신이 싫어하는 것을 피하려 애쓸 것이다.

　사랑의 시작은 너란 존재 하나만으로 모든 것이 수렴되지만,
이별의 시작은 너를 포함한 모든 것으로 태동되기 때문이다.

관계에서 노력은 수많은 잘함과 잦은 실망의 반복이 아니라 상대를 '알아 감'과 한 번 더 생각해 보는 '이해'이기 때문이다.

난 당신에게 최고로 잘해 주기보다 열심히 이해하며 맞춰 가 보겠다.

'잘해 주겠다'는 다짐은 시간이 지나 반드시 지치기 마련이지만, '맞춰 가겠다'는 약속은 시간이 지날수록 당신에게 점차 스며들기 때문이다.

사랑은 언제나 총알처럼 주체할 수 없이 나를 강렬하게 이끌지만, 이별은 신발 속 작은 모래마냥 사소한 불편함으로 시작되기 때문이다.

나와 당신이 키우는
늑대 한 마리

날카로운 이빨을 가진 늑대 개가 당신을 언제라도 물 수 있지만 물지 않은 이유는 그 이빨로 누구를 지켜야 하는지 분명히 알고 있기 때문이다.

사랑도 마찬가지다. 언제라도 본인의 행복과 기쁨에 방해가 된다면 가차 없이 이별을 선고할 수 있으면서도 처음 그때 왜 당신을 선택했는지 잊지 않고 있기 때문이다.

나와 당신이 사랑을 선언한 그 순간부터 우리 곁에는 날카로운 이빨을 숨긴 늑대 한 마리가 태어났고, 나와 당신의 손에 키워진 이 늑대 한 마리는 그 누구도 아닌 우리를 지키기 위해 명백히 존재했다.

늑대는 오직 나와 당신의 명령에 따라 가차 없이 한 명을 물어 죽일 수 있었고, 더 이상 물지 않을 이유가 없어진 바로 그 순간, 어김없이 당신이란 그토록 사랑했던 사람이었다.

2
_____

남을 바라보는 시선을 돌려
나를 들여다보다

당신의 시간

아무리 많은 사람을 만나도 다 친해질 수 없으며,
재미없고 난해하고 불편하면 굳이 만날 이유가 없었다.
아무리 많은 책을 읽어도 다 이해했다 할 수 없으며,
보다가 지루하고 불편하면 굳이 다 읽을 이유가 없었다.

만나야만 하는 사람들을 만나기에도
시간은 옅은 연둣빛 잎마냥 붉게 흐드러지고,
읽고 싶어 사 둔 책들을 읽기에도
시간은 낮과 밤이란 경계 속에 순식간에 바뀌어 버린다.

그러니 당신의 시간이란 한정됨을
소중함이라 적힌 화분에만 정성들여 줘야만 한다.
분홍 몸짓을 피우기 위해 공들일 저 벚꽃나무처럼
어차피 떨어질 꽃들에게는 연연하지 말아야 한다.

불편한 것을
거부할 때
자존감은 확인된다

구름은 바람이 가라는 데로 이끌려 가도 구름 자체는 소멸되지 않는다. 바다는 파도에 이끌려 육지에 가까워지더라도 다시 제자리를 되찾는다. 반면 현대인은 카멜레온과 다름없어 보였다.

직장에서는 호전적이고 남들이 원하는 예스맨이 되어야 하고, 가정에서는 부드럽고 자상한 구성원이 되어야 하며, 밖에서는 거미줄 같은 관계망 속에서 상대방이 원할 것 같은 모습을 만들어서라도 실오라기 같은 관계의 끈을 유지해야만 한다.

마치 카멜레온마냥 나를 둘러싸고 있는 환경에 맞춰 구색을 맞추기 정신없다. 어떤 때는 진짜 자신의 모습이 무엇인지 혼란스럽기까지 하다.

"분명 나는 나인데 내가 아니다."

그러나 현대인은 흔들림에서 끝나지 않는다. 반드시 사수해야 할 자존감은 무엇보다 먼저 흔들리고, 인정받지 못한 시선에는 깊게 상처 입으며, 수확의 계절을 맛보기도 전에 금방 시들어 버린다. 나의 감정을 당당하게 말할 수 있는 자긍심은 점차 타인의 시선에 의해 숨죽이고 매몰된다.

이럴 때일수록 스스로 자존감을 확인해야 하며, 나 그대로를 인정해 줄 사람들을 반드시 가려야 한다. 그런 의미에서 현재의 불편한 것을 거부할 줄 아는 거절만큼 스스로의 자존감을 확인하는 방법은 없고, 수준 낮은 상대를 거부할 줄 아는 거절만큼 괜찮은 사람을 받아들이는 좋은 방법도 없다.

착하게 살지 말자

어려서부터 어른들에게 가장 많이 듣는 칭찬이 바로 "착하네." 였다. 이제까지 보고 듣고 자란 인간의 의식은 절대 스스로만의 의지로 만들어지지 않았다.

나다운 나를 찾기 위한 긴 여정 속에서 단단한 나로 영글기 위해서는 생각보다 많은 경험과 시련이 필요했다. 특히 '착한 사람'이란 타인들이 만든 이미지는 어쩌면 내 모습들 중 가장 피동적인 모습이었으니 말이다.

만약 누군가 "원상이는 어떤 애야?"라고 물었을 때 "그 애 착해."라고 지인들에게 공통적인 대답을 얻는다는 건 그들이 내게 보편적 선함을 부여하는 평가를 내려 줬다는 것이다. 다시 말하면 그만큼 내가 그들이 기대하는 행위들을 지금까지 문제없이 잘 수행해 왔다는 우수한 성적표를 받았다는 뜻과 같다.

어려서부터 우린 어른들이 바라던 착한 사람이 되고자 노력했으며, 특히 이런 '착한 가면'을 시간이 지나서도 필사적으로 버리지 못하는 사람들을 주위에서 쉽게 찾아볼 수 있다. 그러나 그들은 착해지는 데 성공했지만 자신만의 매력은 점점 색이 바랬고 행복을 잃었다. 바로 자신의 행위에 이해할 수 없는 불편함이 투영되기 때문인데 바로 타인의 '인정 기대'이다.

절대 완성될 수 없는 자신의 착함을 완벽하게 증명하려다가 언젠가는 제풀에 지쳐 버린다. 그래서 스스로 착하다고 믿는 사람일수록 타인의 인정과 건조한 위로에 민감하게 반응한다.

"넌 똑똑하고, 예쁘고, 상냥하고, 착하고….''라는 타인의 입장에서 평가 내린 칭찬과 위선적인 위로에 의존하다 보니 스스로도 충분히 빚어내던 자존감에 대한 주도권을 빼앗겨 온 것이다.

"차.카.게.살.자.''

누군가 그토록 바랐던 선(善)함은 정작 이 문장을 자신의 팔뚝에 문신했던 불량배가 아니라 그 문장을 보기 싫어도 굳이 봐야만 하는 모든 사람에게 "너희는 꼭 착하게 살라.''며 종용했던 것이었다.

내 모습이란
결정체

"현재의 내 모습은 살면서 내가 만난 사람들의 결정체다."

무한한 가능성을 품은 '나'라는 씨앗은 결국 품어 준 땅, 내리쬔 해, 적셔 준 비, 흔든 바람, 찾아온 나비, 위협하는 벌레들 속에서 화려한 꽃을 피우기도 하고, 짓밟혀 시들어 버리기도 한다. 우리는 이런 관계라는 피할 수 없는 영향력 속에서 그들이 기대하는 내 모습과 내가 바라는 모습 사이에서 평생 고민하고 살아간다.

이런 관계의 중요성에서 무엇보다 나다운 모습으로 살아남기 위해서는 세 가지가 필요했다.

첫째는 아무리 오래 걸리더라도 선택은 스스로 해야만 한다. 그러기 위해서는 그 선택의 결과에 대한 두려움보다 선택하지 못한 후회를 두려워할 줄 알아야 한다.

둘째는 잠시 힘들어 넘어지더라도 언제라도 다시 일어나야만
한다. 우리는 넘어지는 아픔과 고통보다 주저앉아 있는 무기력함
을 경계해야만 한다.

셋째는 확신이 있다면 묵묵히 가던 길을 나아갈 줄 알아야 한
다. 그들은 수많은 반대에도 결국 당신이 만들어 낸 그 길 위에서
박수를 칠 것이다.

이처럼 나만큼은 나를 포기하지 않을 때, 심화되는 관계 속에
도 나를 잃지 않을 때 비로소 '나'란 결정체를 지킨 채 자존감이
란 열매를 맺을 수 있다.

좋은 사람에
대한 고찰

　모두가 '좋은 사람'이란 열매로 맺히길 바라고 살아가지만 정작 '좋은 사람'이 어떤 사람인지부터 막막하다. 개인적으로 바라보건대 '좋은 사람'이란 타인에게까지 따뜻함을 전할 마음의 여유가 있는 사람들이 아닐까 한다.

　단순히 그들의 언행이 곱고 상냥하다는 의미가 아니라 행실이 바르고 친절하다는 보편적 가치가 아니라 어떤 처지를 이해할 줄 아는 사람, 특히 슬픔이란 단어에 대해 민감하게 반응하고 방임하지 않으려는 사람이라고 말하고 싶다.

　슬픔은 개인이 가진 어떤 상실감에 대한 자극이며 심리적 위축 상태이지만 심리학자 스티븐 핑거의 말처럼 어느 누구도 정확히 슬픔의 목적이 무엇인지 모른다. 그래서 중요한 건 '왜 그가 슬픈지에 대한 이유'보다 '그가 슬프다는 현재 상태'를 함께 느낄 수 있는 공감이다.

애초부터 슬픈 사람을 충분히 이해한다는 건 불가능하다. 그러나 슬픔은 마치 흡족한 식사를 마치고 나온 뒤 식당 앞에서 하루는 굶은 듯 보이는 누군가의 배고픔을 알게 된 순간, 본능적인 포만감이 아닌 차마 외면할 수 없는, 알 수 없는 불편한 마음을 무시하지 않는 것에서 시작한다.

인간이라면 누구나 36.5도란 체온의 따뜻함을 품고 살지만 정작 손을 내밀지 못하는 이유는 '여유'가 없기 때문이다. 이 여유란 돈일 수도 있고, 시간일 수도 있고, 마음의 공간을 뜻할 수도 있다. 돈이 많은 사람들은 누구보다 좋은 사람이 되기에 유리하지만 시간과 마음의 공간이 부족하고, 시간이 넘치는 사람들은 보통 마음의 공간보다 돈을 추종하기에 언제나 여유가 없다.

결국 마음의 공간이 확보된 사람들만이 제대로 된 여유를 만끽할 준비가 되어 있다. 마음의 공간이 확보된 사람들은 누구보다 자신의 삶과 소중한 대상들을 사랑할 줄 하는 사람들이며, 보통 사람들이 가진 평균 체온보다 높은 38.5도의 여유로 따뜻함을 주변에 발산하는 행복감이 충만한 사람들이다.

물론 여유가 있다고 해서 누구나 좋은 사람이 되는 것은 아니지만 따뜻한 사람들이 가진 마음의 여유는 보다 긍정적인 풍경을 바라보게 한다. 그들이 바라보는 풍경이 바로 행복을 재생산한다. 여유는 살아 있는 시선이고, 행복에 충만한 사람일수록 이런 살아 있는 시선으로 현재의 행복을 찾아가기 마련이다.

그러나 갇힌 시선인 불행에 익숙한 사람들은 불행을 먼저 예견하고 찾아온 행복을 만끽하기도 전에 다가올 불안과 두려움으로 쉽게 다가가지 못하고 행복 근처에서 배회한다.

여유를 확보하기 위해 우리는 스스로에게 더욱 집중해야 한다. 어떻게든 상처를 피하려는 나약함이 아니라 상처 받을 줄 알지만 원하는 것에 집중하는 담대한 내가 될 때 비로소 습관적으로 하던 것을 멈추고 주위를 돌아보는 여유가 가능하다. 여유가 생기면 의도적으로 보려 하지 않아도 자연스레 보게 되고, 마땅히 해야 해서 하는 것이 아니라 자주적으로 하게 되는, 주위에 따뜻함을 나누는 좋은 사람이 되어 간다.

극을 대하는 자세

'극'은 더 이상이 잃을 것 없다는 비관이며 누구에게나 찾아오는 순간이다.

평생 아파 보지 않은 사람이 없듯이,

사랑을 잃어 보지 않은 사람이 없듯이,

돈의 걱정에서 자유롭지 않은 사람이 없듯이….

극의 상황, 즉 부재는 존재의 가치를 상기시키는 힘을 갖는다.

우리의 삶을 회상해 보면 죽을 듯이 힘들었던 극의 순간들도 그럭저럭 잘 이겨 내 왔다. 생각해 보면 그때의 고통과 아픔도 조금씩 무뎌져 가면서 현재에 집중하는 법을 배워 온 이유다.

이처럼 살아간다는 건 한때 소중하고 감사했던 가치들을 잃어 봤던 과거를 나만의 방식대로 애도할 줄 안다는 것인지도 모르겠다. 그렇게 우리는 인간만이 가진 이성을 통해 앞으로 닥칠 필연성을 인정하고 살아가는 현실적인 어른으로 성장한다.

이처럼 우리를 너무나도 힘겹게 했던 '극'의 상황은 약속이나 한 듯이 극복이란 담대함을 만들어 냈고, 잠시 구름에 가려지더라도 달빛은 자신을 잃지 않듯이 시시하게 살기를 기피하기로 한 우리의 삶에서 극적인 희망을 만들어 내며 격려해 주었다.

인정이란
검은 갈증

몸에서는 견디기 힘든 갈증이 꿈틀댔고, 한 모금 마신 검은 유혹은 입안을 잔잔한 환희에 가득 채웠다. 혼미하던 내 정신을 각성시켰고, 나를 더 멀리 빨리 뛰도록 심장을 부추겼다. 그러나 그 순간의 메마른 갈증은 작은 자극에도 강렬한 반응을 보이며 점점 더 그것을 갈구했고, 검은 갈망은 의도치 않게 점차 강해지고 나는 그것을 만족시키기 위해 더 자주, 더 열심히 채워 넣어야만 했다.

어느덧 내 몸 안에 남아 있는 수분까지 앗아 가면서도 절대 멈추지 못했던 그것. 카페인처럼 분명 열심히 채우려 노력했지만 금세 비워져 버렸고 '나'란 존재까지 배출시킨 것. 처음 그때의 갈증보다 더욱 지독하게 남아 버린 잔재는 바로 '인정'이란 시커먼 갈증이었다.

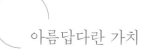

아름답다란 가치

　누군가가 물을 쥐야만 자라나는 피동적 나보다는, 사랑하는 대상을 마음껏 사랑해 줄 수 있는 주체적 나를 지향한다. 그렇기 때문에 누군가의 사랑을 받아야만 필 수 있는 꽃보다는 한 생명을 어떤 상황에서도 잊지 않고 물을 주는 사람의 모습이 더욱 아름답게 보이는 것인지도 모른다.

　그 누구도 저 투박한 민들레 홀씨를 보고 '아름답다'고 말하지 않는다. 하필 떨어진 곳이 건물 뒤에 가려진 반그늘 속 척박한 환경에서도 끈질기게 꽃을 틔우고 멀리 날아가기 위한 깃털을 지녔을 때 비로소 눈여겨보게 되고, 바람에 흩뿌려지는 모습에 절로 감탄을 한다.

　'아름답다'라는 가치에는 두 눈으로 볼 수 없는 각고의 수고와 몰래 흘렸을 땀이 배어 있는지도 모른다. 이처럼 나를 꾸준히 성장시킨다는 건 내가 가장 아름다워질 수 있는 조건이자 나다움이라는 가치를 키울 수 있는 밑거름이다.

저물지 않는
태양은
없다

저물지 않는 태양은 없듯이
기울지 않는 달도 결코 없다.

중요한 건 저물거나 기울지 않으려는 꿋꿋함이 아니라
다시 떠올라 얼마나 걸리더라도 밝디 밝은 저 보름달을
만들어 가는 끈기를 잃지 않는 것이다.

비록 가진 빛이 잠시 희미하더라도 잃진 않았기에
해는 그대로 해가 되고, 달은 여전히 달이 되었다.

피우기 위함이 아닌
자라나기 위한 존재

비로 인해 피울 수 있던 꽃잎도
비로 인해 쓸려 가 버리듯이

사람으로 인해 살 수 있던 용기도
사람으로 인해 좌절하게 된다.

나무는 물었다.
"너는 나를 꽃 피우기 위해 부단히 노력했으면서 왜 금세 지게
만드느냐."

비는 나무에게 대답했다.
"나는 네 꽃을 피우기 위해서가 아니라 자라나기 위해 존재하
는 것이니 일찍 져야만 했던 것들에 슬퍼하지 마라."

어떤 선택,
다른 사람

동물적 본능에 충실한 사람이 아닌
인간이 가진 이성의 역할을 잊지 않는 사람이길.
흔들리는 감정에 집중하는 사람보다
숙고하는 태도로 감정을 다스리는 사람이길.

보이는 성격에 영속성을 부여하는 사람이 아닌
작은 변화들로 가능성을 잃지 않는 사람이길.
지금의 갈등이 시련이라 분노하지 않고
지난 투쟁의 경험들을 상기하는 사람이길.

무엇을 하라는 것을 따르는 사람이 아닌
무엇을 해야 한다 느끼고 행하는 사람이길.
원하는 것을 갖기 위해 노력하는 사람이 아닌
여전히 원하는 내 모습을 지켜내는 사람이길.

매력 있다
VS
예쁘다

누구나 아름다움의 가치를 선망하지만 상대가 가진 '예쁘다'와 '매력'의 차이를 구분하지 못해서 벌어지는 사랑의 실패 이야기는 낯설지 않다. 물론 개인들이 보고 느끼는 '아름다움'의 기준은 서로 다르다. 그러나 분명한 건 상대에게 느끼는 '매력'은 그보다 더욱 확고하고 분명하다는 것이다.

조금 더 쉽게 이야기하자면 "상대가 아무리 예쁘거나 잘생겼다고 해도 반드시 사랑에 빠지는 것은 아니다."란 뜻이다. 반면 우리는 다른 사람에게서는 느끼지 못한 매력을 상대에게서 발견한 순간부터 강렬하고 치명적인 끌림에 빠져든다.

이런 끌림을 느끼게 되면 어떻게든 상대와 가까워지고 싶고, 친해지고 싶으며, 무엇이든 함께하고픈 마음이 뜻하지 않게 엄습해 와 온몸을 지배한다. 단순히 순간의 감탄을 자아내는 외적인 즐거움과는 다른 깊은 여운으로 머릿속에 비집고 들어와 깊이 뿌리 내린다.

요즘처럼 뼈와 살을 도려내서라도 타인들의 마음을 얻겠다는 외모지상주의가 만연한 시대에 '외모'라는 아름다움에 도취되는 것은 매우 흔한 일이다. 하지만 그 공들인 아름다움도 결국 시간 앞에서는 흘러내리기 마련이다. 그래서 '예쁘다'란 하나의 가치가 오직 다수에게 보기 좋다는 이유만으로 관심과 인기를 얻는 데는 기여하더라도, 오직 그 사람만 가질 수 있는 고유의 매력만큼은 그 어떤 것도 비교의 대상이 되지 못한다.

누구에게나 그 사람만이 가지는 체향이 있듯이, 매력 또한 우리 모두가 가진 서로 다른 지문과 같이 존재한다. '예쁘다'라는 말은 결국 타인들의 기준이고 평가일 뿐이고, 스스로 매력 있다는 확신만이 오롯이 나의 각별함을 유지한다.

이것이 자신을 '예쁘다고 믿는 사람'보다 스스로 '매력 있는 사람'으로 여기는 단단한 사람이 좋은 이유다.

비극이란
당연함 속에서
희극을 포기하지
않을 때

만약 우리의 삶이 지극히도 순탄했다면 앞으로 펼쳐질 이야기는 희극보다 비극일 가능성이 더 크다. 지금까지 단 한 번도 이 세상이 왜 이 지경인지 묻지 않고, 가던 길을 잠시 멈춰 서서 인생의 본질을 탐구하지 않았다면 누가 봐도 뻔하고 당연한 삶을 살고 있다는 반증이기 때문이다.

온몸으로 느끼는 것을 포기하지 않는다면 희극은 보다 가까울 것이다. 인생이란 솔직한 거울 앞에서는 절대 내 웃음이 울음으로 바뀌진 않을 테니.

변함이 없다

"변함이 없다."라는 말이 얼마나 지키기 힘든 것인지 어른이
되고 나서야 알게 되었다.

나다움이란 묘목을 꾸준히 성장시키기 위해서 얼마나 많은 것
과 싸워야 했는지, 가장 가까운 것들로부터 물들지 않기 위해 꾸
준히 밀려오는 파도를 작은 바가지 하나로 퍼내기 바빴지만 차
라리 맘껏 밀려들어 오게 허용하며 스스로 정화시킬 줄 아는 것
이야 말로 성숙된 가치란 걸 시간이 지나서야 알게 되었다.

무조건 싫음으로 배척하는 것은 다양성을 파괴시키며, 더 나
은 관계의 발전을 저해한다는 것을 이제야 알게 되었다. 이 세상
의 변화되어야 할 것들을 위해 변함없어야 하는 것들도 반드시
존재한다는 것을 한참 지나서야 알게 되었다.

그게 바로 나의 존재를 의미하는 나다움이다.

서른 즈음에

29와 30 사이에는 1이란 숫자 그 이상의 의미가 존재할 줄 알았다. 처음 술을 마실 수 있었던 자격을 얻은 20살의 그때처럼, 대학교만 가면 이상형을 만날 수 있다는 고등학교 선생님의 거짓말처럼, 1999년에서 2000년으로 넘어가는 밀레니엄 시대처럼 자격을 얻거나 기대를 품거나 또는 뭔가 거창한 게 있지 않을까 하고 말이다.

서른 즈음엔 저 선배처럼 여유롭게 일을 처리할 줄 알았고, 저 누나처럼 가고 싶은 곳으로 어디든 떠날 줄 알았고, 저 형처럼 아픔 없이 사랑 이야기를 할 줄 알았고, 내가 사랑하는 사람과 가족을 이뤘을 것 같았고, 차 한 대와 집만큼은 당연히 가지고 있을 것 같았고, 모든 문제의 답을 알고 멋지게 해결해 낼 줄 알았다.

그러나 서른 즈음엔 직급이 올라가며 업무는 늘어나고, 경쟁은 치열했으며, 나를 위해 시간을 내서 여행 간다는 것이 생각만큼 쉽지 않았고, 몇 번의 이별 앞에서 겁쟁이가 되어 사랑은 할수록 어려웠고, 특히나 좋은 사람을 만날 기회는 점점 더 줄어들었으며, 이미 가족을 꾸린 친구들과의 멀어짐은 당연해졌고, 차의 네 바퀴만, 집의 화장실만 오직 나의 것으로 시작해야 했으며, 늘어나는 고민과 미래에 대한 불안으로 하루가 길고 버거웠다.

그럼에도 서른 즈음이 좋아진 이유는, 삶은 어떤 답을 찾기 위함이 아닌 나를 찾아가는 것이었고, 청춘은 떨어지는 꽃잎이 아니라 잃지 않을 푸른 마음이었으며, 예전에는 보이지 않던 작아진 아빠의 어깨와 세월에 주저앉은 엄마의 주름을 바라보게 했으며, 이 땅에 영원한 건 하나도 없다는 깊은 가르침에 현재란 오늘을 소중히 살게 만들었기 때문이다.

그렇게 서른 즈음이 돼서야 나는 지고 있는 것이 아니라 천천히 자라고 있었음을 비로소 알게 되었다.

르상티망
그리고
아모르 파티

1. 르상티망

착한 사람에 대해 이야기하기 전에 니체가 남긴 말 중 '르상티망(ressentiment)'이란 단어에 대해 알아보자. 약자가 가지는 증오와 복수심이란 뜻을 가진 이 단어는 약자 스스로를 보호하고 합리화하는 데 가장 빈번히 사용된다.

예를 들면 『이솝우화』에 나오는 여우가 눈앞의 포도를 따려 하지만 손이 닿지 않자 "저 포도는 익지 않았어."라며 돌아서는 것처럼 나이가 훌쩍 들어 보이는 남성과 아름다운 여성이 팔짱을 끼고 걸어가면 "아마 저 남자는 돈이 많을 거야."라고 분노를 표하는 남자들, 어느 명품 숍에 들어간 여성이 명품들을 보고 나오더니 "고급 명품이 뭐가 필요해. 그냥 가방은 가방일 뿐이야."라며 체념과 함께 생각을 급히 바꾸는 태도와 같다.

니체는 이런 패배주의적인 태도에 주목했고, 이런 정신이 바로 '착한 사람'들이 가지는 특징임을 발견했다. 스스로 열등감을 표하며 약자임을 자처하는 이런 태도는 마치 '약자=선', '강자=악'이란 뿌리로 변질되어 바로 눈앞의 포도를 따려 도전은 하지 않고 빨리 체념하는 것에 익숙해지고, 차라리 상대적으로 '강한 타자'를 부정하는 데 온 힘을 쏟으며 정당화한다고 비판했다.

우린 매일 누가 강하고 약한지 본능적으로 구별하고 살지만 실제로 착한 사람들의 생각과 다르게 현실에서는 단지 강하다고 해서 악하지 않고, 약하다고 해서 절대 선하지 않다.

2. 아모르 파티

착한 사람들은 스스로가 약하다는 건 인정하기 싫어하지만 착하다고 거듭 주장한다. 그래야만 "자신의 약함을 온몸으로 인정받고 옳다."라는 굳건한 믿음을 지킬 수 있기 때문이다.

이런 착함의 폐해를 지독히도 강조한 것이 바로 오랫동안 자리 잡은 기독교였고, 니체는 그들의 도덕심을 노예의 도덕으로 설명했다. 전통 기독교의 도덕은 인간의 자발성을 억압하고 오직 보편적이고 절대적인 가치만 주입했는데, 특히 노예의 도덕인 '선'과 '악'을 구분하는 것을 강조했다는 것이다.

여기서 '선'은 착한 본인들이며, '악'은 자신들과 다른 사람 즉 주체적이고 능동적인 사람들을 의미한다. '선'을 가진 착한 사람

들은 소위 '악'을 통제하기 위해 도덕을 적극 활용한다. 조금이라
도 그들과 다르면 틀리다는 마녀사냥이 바로 그것이고 정작 가질
수도 없으면서도 먼저 양보해야 한다는 '관용'을 미덕으로 하고,
본인의 억울함 속에서도 어떻게든 견뎌 내는 '인내'를 강조하며,
철저히 무능력하고 나약한 한 명의 노예로 살아가길 강요한다.

그들은 현세의 모든 것을 무가치하게 폄하하고 심지어 자신까
지도 잃어 가며 오직 신을 추종하는 자들만이 지상낙원에 갈 수
있다며 독려했다. 이렇게 현실을 부정하고 보이지 않는 세상을
참이라 믿는 그들에게 니체는 온 힘을 다해 외쳤다.

"신은 죽었다."

착한 사람은 신과 타인을 중심에 둔 "신을 사랑하고 그가 바라
는 삶을 살라."는 아모르 데이(Amor Dei)와 같은 노예적 삶을 인
정한다. 자신의 무력함을 착함으로 포장하고 나다움을 박탈당하
는 것을 스스로 허락한 것이다. 그래서 나다움을 지킬 권리를 위
해 무엇보다 필요한 건 니체의 "네 운명을 사랑하라."란 아모르
파티(Amor Fati)다.

그 누구에게도 아닌 스스로가 주인이 되는 삶을 되찾는 것.
바로 '나다움을 지킬 권리'다.

나를 팔아
팔로 미

만약 누군가 당신의 귀에 원치 않은 이야기들을 속삭이고, 보기 싫은 장면들을 억지로 보게 한다면…. 그것도 매일 그리고 평생 강요한다면 어떨까?

이제 미디어는 언제 어디서나 당신에게 모든 것을 흡수하게 한다. 영화를 보러 간 극장에서 원치 않은 10분짜리 광고를 봐야 하며, 드라마를 보기 위해 원치 않는 중간 광고를 봐야 하며, 심지어 요즘은 이런 직접 광고를 기피하자 드라마 안에서 PPL(간접 광고)을 통해 노출시킨다.

"신상 명품 백을 득템하는 토탈 솔루션, 남친을 사귄다."는 여성폄하 광고. "복사지의 얼굴도 예뻐야 한다."는 특정 성별을 대상화하는 광고. "술과 여자친구의 공통점. 오랜 시간 함께 할수록 지갑이 빈다."는 노골적인 비하 광고.

꼭 이것은 광고만의 이야기가 아니다. 분명 거짓인 걸 알면서

고의로 그 거짓말을 믿는 현상들이 만들어지기 때문이다.

  과연 방송 미디어만 그럴까? 1인 미디어 시대가 된 이제 SNS
도 크게 다르지 않다. 별풍선을 받기 위해 경쟁하듯 자극적이고
보다 선정적인 1인 방송을 한다. 이런 미디어를 부추기고 '아름
다운 자극'을 추종하는 사람들. 가장 비현실적인 셀기꾼을 투척
하고 자신의 살을 드러내서라도 팬인 팔로워를 채워 가는 사람
들. 바로 이 모든 것이 '이중사고(doublethink)'이다.

  한 번에 반대되는 두 가지 신념을 가지면서 동시에 두 가지를
진실이라 믿는 것. "무지는 힘"이고 "전쟁은 평화다.", "스트레
스 받는 것보다 술 담배가 낫다."라며 거짓이 참이라 믿는 모순
속에서도 우린 잘못을 알지 못하고 그대로 지배당하며 사는 것.
이 '이중사고'를 조장하는 현대 마케팅에 대해 영화 「디태치먼트
(Detachment)」에서 헨리 교수는 다음과 같이 이야기한다.

  "행복해지려면 예뻐져야 해."
  "예뻐지려면 성형수술을 받아야 해."
  "날씬하고, 유행을 따라야 하고, 패션 감각도 필요해."
  "남자애들은 여자들을 창녀라고 불러."
  "더러운 걸레라고 해. 엿 같고 재수 없다고 하지."
  "이건 모두 진짜처럼 말하지만 거짓이야."

미디어에서는 이렇게 행복을 위한 성형은 당연하고 늘씬해야
하며 유행을 따라야 한다고, 그런 여성들이 가득 자리를 차지하
며 24시간 우리가 원하지 않더라도 그래야 한다고 주입하고 반
복시킨다.

그렇게 여성을 '매춘부'처럼 상품화시켜 스스로 무너지게끔,
남성들은 그것이 당연하게끔 바보로 만드는 작업이 바로 '마케
팅 학살'이다. 이런 '마케팅 학살'에 대한 사람들의 무비판적 수
용은 심각 그 이상이다. 그 대표적인 것이 더 이상 PPL로 인한 노
출이 불편하지 않다는 것이다. 아니 그 반대이다. 그 기업의 의도
대로 관련 상품들은 매년 매출이 증가하고 있기 때문이다.

우리나라에서는 흥행 드라마에 잠시 소개된 책이 베스트셀러
가 되고, 책의 판매가 글쓴이의 팔로워나 유명세로 결정된다. 아
마도 전 세계 어디에도 드라마 흥행과 단지 유명인이 그 책을 소
지했다는 이유만으로 도서 시장에서 베스트셀러가 되는 나라는
없을 것이다.

4차 산업혁명, 빅테이터, 사물 인터넷의 시대에 미디어는 더욱
강하고 빠르게 침투할 것이다. 무조건적으로 받아들이는 것이 익
숙한 우리가 정보의 홍수에 잠기지 않으려면 '생각하는 힘'을 길
러야 한다. 즉 질문하는 사람이 되어야만 한다. 거대한 물량과 화
려한 광고들로 치장한 베스트셀러 코너에 머무르고 대중을 따르

는 소비자가 아닌 스스로 무엇을 원하는지 아는 취향을 갖춘 주체가 되어야 한다.

길거리에서 우연히 본 "바닷가에 갈 몸매가 준비됐나요?"라는 문구와 늘씬한 모델이 주인공인 다이어트 광고를 그냥 지나치는 것이 아니라, 400건에 이르는 불만 신고를 접수하고, 7만 명이 온라인 반대 서명을 통해 길거리에서 퇴출시킨 영국 런던 시민들처럼 이상한 것들에 질문하고 비판하고 바로 잡아야 한다.

현대의 "예뻐지려면 반드시 성형수술을 받아야 해."란 말은 마치 4, 5세 여아의 발을 꽁꽁 묶어 엄지를 뺀 나머지 네 발가락을 자라지 못하게 해 왔던 중국의 악습인 전족과 크게 다르지 않다. 오직 작은 발만이 여성의 아름다움을 평가하는 기준이었고 당시 결혼의 조건이었기 때문이다. 단지 남자들이 보기에 좋았다는 이유로 그렇게 천년을 이어 갔다.

분명 누군가는 스스로 예뻐지고 싶어 하는 것이 이유라 하겠지만, 만약 이 땅 위에 아무도 없이 홀로 살아간다고 하더라도 과연 그 살을 도려내고 뼈를 깎아 내는 선택을 고수할 것인가라는 질문을 던져 본다. 결국 고유의 개성을 말살하고 비슷한 얼굴과 몸매를 원하는 누군가에게 자신의 몸은 물론 의식까지 빼앗긴 것이다.

우리는 이제라도 이 '마케팅 학살'을 불편해야 할 이유가 있다. 더 이상 SNS와 마케팅 학살로 인해 '나'란 유일함의 절대적 가치에 흠결을 내거나 비교하며 자신을 잃지 말아야 한다. 그러기 위해서는 어느 하나라도 깊이 생각해 볼 힘을 기르고, 스스로 세상의 일부가 아닌 전부가 되어야 한다. 무감각하게 나를 잃어가며 살기 좋은 세상에서 가장 나답게 살아남기 위해서 말이다.

이게 바로 나다움을 지킬 권리다.

3

선택을 멈추지 않는 한
우린 주인공이다

현실의
남녀 주인공

"참 불공평하지 않아요? 남자가 여자를 좋아하는 상황에서 정작 본인이 죽을 만큼 아파도 여자 주인공을 먼저 걱정하며 약을 사다 주는 건 드라마나 현실이나 다를 바가 없는데 드라마에서는 꼭 여자 주인공이 그 사실을 뒤늦게 알고 감동을 하게 되잖아요. 그러나 현실에선 직접 말하기 전까지는 모르거든요."

그녀는 말했다.

"감동적이긴 하지만 혹시 알아요? 현실에서도 결국 알게 될지요."

"아니면 혹은 알면서도 모른 척할 수 있죠."

남자는 물었다.

"그럼 당신은 이미 알고 있는 건가요? 아니면 알면서도 계속 모른 척하는 건가요?"

우리 개개인의 삶 자체가 하나의 드라마이지만 어느 누구도 타인의 삶을 면밀하게 들여다볼 수 없다는 것이 인간이 가진 한계이다. 그런 의미에서 드라마를 본다는 건 잘린 양파의 어느 단면처럼 비록 똑같은 모습은 아니지만 '발전-전개-위기-절정-결말'이란 인생의 어느 굴곡만큼은 결이 같은 타인들의 삶을 통해 나의 삶까지도 함께 들여다보도록 한다. 그들이 겪은 곤란한 역경들 속에서 과연 주인공들은 어떻게 해결하는지, 같은 인간으로서 이입해 보면서 말이다.

우리는 무대 속 주인공들을 통해 그들이 겪는 경험적 통고의 크기와 상관없이 뾰루지처럼 봉긋 솟는 감정선이 나의 삶과 일치하는 동질감을 느끼게 된다. 이런 의미에서 드라마는 그럴듯한 타인들의 삶을 들여다볼 수 있는 간접체험을 제공한다.

마치 신에게 대적하여 영원한 형벌을 받은 시시포스처럼 쳇바퀴 도는 삶이라는 고통의 연속을 피할 수 없는 운명이 결코 나만이 아님을 확인시킨다. 누군가에게는 그 안에서 생에 대한 경멸이 아닌 숙명으로 여기고 두 다리에 단단한 근육을 얻음과 동시에 힘내 나아갈 수 있는 극적인 환희를 불러일으키기도 한다.

이처럼 생이란 영원히 불투명한 유리잔을 보듯 답답할 줄 알

앞던 분명한 사실에서 나와 같은 불운을 누군가도 견디고 헤쳐 나아가는 모습을 바라보면서 나도 해낼 수 있다는 충분한 위안을 받기 때문이다.

첫 번째 드라마는 「또 오해영」이다. 한 남성 주인공과 오해영 이란 동명이인의 여성 두 명 사이에서 벌어지는 로맨스 드라마로 이 드라마를 통해 커플 간 배려의 부작용, 커플이 되는 조건, 사랑에 빠지는 순간에 대해 이야기하려 한다.

또 오해영
_배려의 부작용

남을 먼저 생각하고 보살피는 배려는 인간 사회에서 가치 있는 덕목 중 하나다.

사실 공감이란 단어를 다른 말로 표현하면 배려가 가장 먼저 떠오른다. 다만 공감은 내가 아닌 네가 되어 생각하는 것이고(역지사지), 배려는 그런 생각을 가지고 보다 적극적인 행동으로 옮기는 적극적인 의미다(돌보는 행위).

여기 두 커플이 있다. 두 커플의 공통점은 결혼을 목전에 두고 파혼이란 아픔을 겪었다는 것이다. 한 커플은 남자가 여자에게 결혼식 전날 일방적인 이별을 통보했고, 다른 커플은 신부가 결혼식 날 갑자기 불참하고 사라졌다.

그렇게 한 여자는 결혼식 전날에 "너의 밥 먹는 모습조차 싫어졌다."고 이별을 당하고, 다른 한 남자는 결혼식 날에 이별의 영문도 모른 채 사라진 신부를 찾다가 끝내 포기해야만 했다.

「또 오해영」이란 드라마에서는 친절하게도 이 극적인 긴장감을 이어가기 위해 각자의 사연을 부여한다. 막말을 해서라도 확실하게 이별을 통보해야만 했던 예비신랑은 피치 못할 사정에 의해 결혼식 날 구치소에 들어가야 했고, 어떤 이별 통보도 없이 사라진 예비신부는 사랑하는 남자에게 자신의 가장 큰 치부를 들켰다는 사실을 알게 되자 스스로 물러선다.

사랑이란 단어에는 이 세상 커플의 숫자보다 많은 사연이 존재한다. 이 커플도 역시나 개인과 개인이란 각자의 사정을 피해 갈 수 없었으며, 작가에 의해 던져진 '화두'는 그런 상황에서도 당신은 어떤 선택을 하겠냐는 물음이다.

결국 떠난 쪽의 문제는 누구보다 긴밀한 나와 상대의 세계 속에서 끊임없이 주고받는 '배려'가 오히려 관계의 부작용을 야기한 것이다. 이별을 통보한 그 남자는 생각했다. 만약 본인이 교도소로 가야만 하는 상황을 그대로 말한다면 사랑하는 사람이 언제 나올지도 모를 자신을 평생 기다릴 것이란 '예측'으로 마음에도 없는 이별을 통보하는 '배려'를 선택했다.

이별 통보 없이 결혼식 전날 사라진 그 여자는 생각했다. 자신의 치부를 알아 버린 그 남자의 사랑이 동정일 수도 있다는 '예측'으로 흔적도 없이 사라졌다. 그 여자 또한 그 남자를 위해서란 '배려'란 이름으로 말이다.

물론 이 두 커플의 사랑이란 마음은 변함이 없었다. 다만 사랑하는 사람을 자기만의 예측으로, 또 자기만의 방식으로 상대를 아끼려 했던 '배려' 때문에 떠나야만 했다. 그러나 이것이 진정한 '배려'였을까? 작가는 그렇게 인정하지 않았다.

잠시 떠났다 돌아온 남자와 여자가 다시 예전의 제자리로 부단히 노력하며 돌아가려 해도 헤어짐을 당했던 여자와 남자는 끝까지 허락하지 않는다. 뒤늦게라도 잡아 보겠다며 양쪽에서 서로 잡아당기는 힘을 모두 무시하고 결국 버려진 두 사람은 매 순간 서로의 솔직함을 실천하며 어떤 사랑의 결합보다 완고하게 완성된다.

오해영이란 여자 주인공은 솔직하게 자신의 감정을 표현하는 사랑을 택했고, 박도경이란 남자 주인공은 그런 여자의 솔직함을 통해 알 수 없던 자신의 꿈틀거리는 감정을 자세히 들여다보게 된다. 그렇게 각자의 표현 방식이 다르지만 서로에 대한 감정만큼은 정직함을 확인한 것이다.

"분명 너는 그럴 거잖아."
"네가 느끼고 있던 감정은 분명 이거잖아."
"너를 위해서 그랬던 거야."

이 드라마는 감히 '배려'라는 이름으로 자신의 생각을 포장하며 타자를 확신한다는 것이 얼마나 비극적인 결말을 가져오는지를 확실히 보여 준다. 심지어 나의 미래와 안위가 당장 불안정하더라도 가장 현명한 배려는 회피가 아니라 무엇보다 끝까지 믿어 보는 솔직함이란 점을 말이다. 상대를 진심으로 배려한다면, 그리고 사랑한다면 누구보다 그 사람에게만큼은 솔직해질 필요가 있다.

또 오해영
_커플의 존재

커플이 되는 조건은 두 가지였다.

첫째는 기대했던 누군가의 출현이다. 곱씹어 보면 누군가를 좋아하는 계기는 따로 없었다. 마치 설렘의 버튼을 상대가 터치 다운한 것 같던 그 순간은 어떤 장소, 어떤 상황, 어떤 말이 아니었다. 그냥 당신이란 존재였다. 나의 운명 속에 기꺼이 찾아온 당신이란 한 생의 다가옴은 기존 모든 낙서를 띄어쓰기하며 하얀 원고지 위에 깜빡거리는 커서가 되어 새로운 시작 페이지가 되었다.

둘째는 알아 감이다. 우리가 누군가를 만나 알아 갈 수 있는 행위는 다양하지만 사실 제한적이다. 식사하기, 차 마시기, 영화 보기, 산책하기, 술자리란 장소와 행위 속에서 오직 '대화'란 방법을 통해 서로의 입안에서 벌어지는 가치관의 검수를 거치게 된다. 그 짧은 시간 동안 서로의 생각, 말투, 태도 그리고 눈빛에서까지 살아온 모든 것이 보이고 읽히며 또 느껴진다.

드라마 「또 오해영」에서 여자 주인공인 오해영은 말한다.
"1급수 물고기와 3급수 물고기는 평생 만날 일이 없다."

그녀가 말한 것은 위에서 언급한 첫째 커플의 조건인 기대하는 누군가의 출현이 불가능하다는 것을 의미한다. 하나 극중 현실과는 달랐다. 그녀가 믿었던 것과는 다르게 1급수와 3급수의 만남은 원하든 원치 않든 극적인 만남으로 반드시 이어졌다. 마치 급수와 상관없이 흘러야만 했던 물은 반드시 바다에서 만나게 되는 운명처럼 말이다.

평생 만날 수 없을 것만 같은 극적인 순간이란 단어가 태동하지 않아도 어느 날 누군가와의 사랑이 가능했던 이유는 바로 둘째 조건인 '알아 감'이란 큰 힘이 작용하기 때문이다. 「또 오해영」이란 드라마에서도 남자 주인공은 여자 주인공이 어떤 사람인지 알기 전까지는 별다른 감정을 가지지 않았다. 최초의 설렘이란 강력한 끌어당김 없는 일반적인 관계의 진전은 물론 더디지만 그보다 끈끈한 관계의 발전을 가능케 한다.

설렘이 아닌 알아 감으로 알게 된 사랑은 끓어오름보다 강력한 깨달음을 각성시킨다. 오해영 본인이 평생 자신을 3급수라고 믿어 오며 살았지만 자신의 인생에 등장한 낯선 한 남자로 인해 자신도 1급수 자격을 가진 사람이었음을 마침내 깨닫듯이 말이다.

나란 존재의 가치를 더욱 빛나게 하는 너를 만난다는 것. 나의 부족함만 바라보던 당연함에서 나의 부족함까지 안아 주는 너를 만나 함께 한다는 것. 이것이 평생 누군가를 곁에 두고픈 커플의 의미였다.

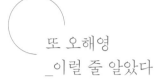

또 오해영
_이럴 줄 알았다

호수처럼 항상 평정심을 유지하던 남자 주인공(박도경)은 비처럼 온 힘을 다해 낙수(落水)하는 여자 주인공(오해영)을 만난다.

나는 오해영이란 캐릭터를 보며 '비'란 단어를 떠올렸다. 비의 특성은 하늘에서 땅으로 떨어져야 하는 운명을 가지고 있다. 그것은 자신의 의지와는 상관없이 중력이라는 끌어당기는 힘이 존재하기 때문이다. 여자 주인공에게 중력은 바로 사랑과도 같은 마땅히 해야 한다는 '정언명령'과 같다.

비는 자신이 땅에 닿는 순간 자신의 모든 것을 강에 녹인 후 소멸한다. 그런 운명을 아는지 모르는지 단 한 번의 망설임과 흐트러짐도 없이 낙수한다. 그리고 호수 전체를 적신다. 잔잔함을 지키던 거대한 호수에 비라는 존재가 두드린다.

처음에는 자신보다 작은 존재의 의미에 큰 의미를 두지 않는다. 그러다가 문득 깨닫는다. 자신의 마음이 누군가로 가득 차 넘친다는 걸. 그리고 숨 쉬기조차 어려울 정도로 벅차다는 걸.

그랬다. 태초부터 지금까지 인간의 사랑 스토리가 지겹지도 따분하지도 않은 이유. 사랑은 빠질까 항상 두렵지만 피할 수 없는 황홀경과 같았고, 사랑은 선택하는 것이 아닌 막연한 마주침과 같았다. 그래서 다시는 사랑하지 않겠다는 순간의 다짐을 무색하게 만들어 버린다.

'이럴 줄 알았어.'라며 내린 비는 이미 호수를 가득 채웠다.

두 번째 드라마는 「쌈, 마이웨이」다. 제목은 싸움을 줄인 쌈과 My way를 합친 뜻이며, 거친 인생 속에서 자신의 방식대로 나아가는 20년 지기 남녀들이 펼치는 꿈과 사랑 이야기를 담았다. 이 드라마에서는 '꿈', '배신과 초심', '거짓말과 흔들림', 마지막으로 '질투라는 놈'에 대해 이야기해 보려 한다.

쌈, 마이웨이
_꿈

1. 꿈

"살면서 꿈은 반드시 가져야만 하는 것일까요?"라며 묻던 한 후배의 질문이 생각난다. 그때는 차마 해 주지 못한 대답을 이제야 해 보려 한다.

"있으면 행복에 가까워질 수 있지만, 없다고 해서 불행하지는 않은 것. 그것이 꿈의 필요성."

이 대답의 시작은 '꿈'에 대한 해석으로 시작한다. 내가 생각하는 '꿈'은 쉽게 표현해서 우리의 '이상형'과 같다. 어딘가에서 언젠가는 만나게 될 운명 같은 무엇. 그 무엇이 행위면 꿈이고, 사람이면 이상형이 된다. 그리고 그것에 도달하기 전까지는 영원히 '꿈'으로만 남게 되는 이상(理想)처럼 말이다.

2. 어원

실제로 꿈을 뜻하는 DREAM의 어원을 찾아가면 DRUM과 깊은 연관이 있다.

"종일 당신의 가슴속에서 들리는 북의 소리를 품은 것."

또한 '꿈'은 '꾸다'라는 단어에서 파생된 단어이기도 하다. 여기서 '꾸다'는 '굴(군)'이란 옛말과 같으며, 이 뜻은 '눈' 즉 보는 것으로 수렴한다.

"보이지 않았던 것을 언젠가는 보게 되는 것."

이 좋은 의미들 중 어떤 것을 당신이 취하든 사실 상관은 없다. 다만 우리가 인정할 수 있는 건 '꿈'에 가까워지는 사람들의 모습은 누구보다 행복에 가까워 보인다는 사실이다.

3. 마이크 체질의 소녀

한 소녀의 어렸을 적 꿈은 아나운서였다. 그리고 성인이 되어서도 그 꿈을 잃지 않고 지켜 나간다. 그러나 그녀가 아나운서를 왜 하고 싶은지는 극적으로 얻게 된 면접 기회에서 지원동기조차 묻지 않았던 면접관들의 한심한 작태로 아쉽게도 알 수는 없었다.

다만 친구의 사회를 대신 보고, 백화점 안내방송을 하면서, 지방 공연에서 사회를 보았을 때 그 어느 때보다 행복한 그녀의 표정과 유난히도 밝아지는 모습을 보면서 그녀가 그 꿈에 닿기를 얼마나 동경하는지 유추할 뿐이다. '왜 아나운서가 되고 싶은가'에 대한 답을 직접 해 주진 않았지만 한 인간이 꿈에 가까워지면 얼마나 행복하게 되는지에 대한 대답을 그녀가 직접 보여 준 게 아닐까.

"나도 하고 싶다. 진짜. 나는 왜 안 되냐."
-쌈, 마이웨이_애라의 대사

그녀의 절실함이 드러나는 이 대사는 단순히 누구나 가질 수 있는 꿈을 이뤄 내고 싶은 막연한 소유욕이 아니었다. 오직 인간만이 가질 수 있는 자신만의 확고한 꿈이라는 하나의 성취를 위해 부단히 다가가려는 과정 속에서의 자기반성이다.

꿈이라는 목표까지 나가기 위한 자연스런 진통이며 그곳까지 도달하기 위해 넘었던 작은 성취들은 행복감이다. 그 꿈이라는 목표는 보통 한 인간의 삶과 정신 활동을 지배하며 나아가고자 하는 길을 개척하도록 격려하고 성장하는 데 큰 원동력이 된다.

대부분 꿈과 직업을 혼용하는데 나 또한 그랬다. 예전부터 나의 꿈은 작가라고 믿었지만 정작 작가가 돼서 생각해 보니 나의 꿈은 글을 쓰며 살아가는 것이지 작가 그 자체가 꿈은 아니었다.

이처럼 꿈은 무엇이 되고 싶다는 직업 같은 명사가 아니라 어떤 것에 대한 동기가 담긴 동사일지도 모른다. 직업은 말 그대로 생계를 위한 하나의 수단이며 자신이 가진 꿈을 이뤄 가는 수단일 뿐이다.

내가 그토록 원하던 작가가 되었다고 해서 꿈이 이루어졌고 소멸되는 것은 아니다. 무언가를 평생 잘할 수 있을 때만 유지되는 작가라는 타이틀이 아닌, 무엇보다 평생 좋아할 펜을 놓지 않고 원하는 글을 계속 써 간다면 나의 꿈은 영원히 존재한다. 그래서 그 누구도 내가 품은 꿈의 정당성 또는 크기를 평가할 자격은 없다.

꿈은 크고 작은 크기가 아닌 한 인간의 한계를 뛰어 넘기 위한 자발적인 집중이며, 단순히 보이는 것이 아니라 온몸으로 느껴지는 집중된 애정의 마음 즉 열정이다.

4. 꿈을 막는 것

면접의 경험들은 그녀의 꿈을 더욱 가로막았다. 비록 모집전형에는 학벌, 나이 제한이 없다고 말했지만 마이크 체질인 그녀가 아나운서에 지원하지 않는 이유는 누군가의 들러리가 되고 싶지 않았기 때문이라고 말하듯이 말이다.

개인적으로 경험했던 면접들을 떠올려 보면 면접관들이 물어보는 '왜'는 진심으로 궁금해서 물어본 것이 아니었다. 마치 식사를 마친 뒤 반드시 마셔야만 했던 한 잔의 물처럼 습관 같은 무덤덤함이었고, 그들에게는 이미 물의 수질이 아닌 그 물을 담을 컵만 평가하고 있다는 느낌을 철저히 느낄 수 있었다. 그만큼 면접관들은 누구나 가진 가능성을 찾기보다 본인들이 원하는 기능성만 확인하려 했다.

시간이 훌쩍 지났지만 그들에게 꼭 해 주고 싶은 말을 남긴다.
"당신들이 아무리 자의적으로 보이는 내 모습에 평가를 내리더라도 감히 나의 꿈까지는 평가할 수 없다. 마땅히 모든 꿈은 그대로 존중되어야만 한다."

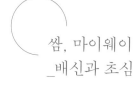

쌈, 마이웨이
_배신과 초심

　이 드라마에서 가장 현실적이던 주만과 설희 커플. 이 커플을 통해 전달하고 싶은 것은 각자의 상황보다 '거짓과 솔직함'이 아니었을까? 우선 거짓의 종말인 '배신'에 대해 이야기하려 한다.

　사랑의 깊어짐은 시간과 절대 비례하지 않는다. 사랑의 완성은 오직 시간을 초월할 때만 가능하기 때문이다. 드라마에서 이 둘은 너무 허무하고 어이없게 이별한다. 중요한 것은 이 둘의 사이는 사귄 6년이란 시간 동안 지은 난공불락의 튼튼한 성이 아니었다. 바로 그 성을 점점 무너뜨린 것은 뛰어난 적장의 전략도 아닌 누구보다 믿었던 내 편의 흔들림이었다는 사실이다.

　어떤 커플도 평생 서로에게 다가오는 수많은 적을 미연에 막을 방도는 없다. 막을 수 있다고 믿는 자체가 오만이고 결국 타자성을 해치는 집착의 시작이 된다. 그래서 사랑을 지키려면 오직 서로의 마음에만 의지할 수밖에 없다. 비록 신이 선물한 사랑일지라도 치열함과 경각심을 가져야 하는 이유이기도 하다.

1. 배를 가르는 고통의 신, '배신'

사랑하는 관계에서 가장 피하고 싶은 것은 어쩌면 이별이 아닌 배신이다. 이별은 각자에게 후회를 남기지만, 배신은 일방적인 상처를 남긴다. 우린 날 더 이상 사랑하지 않는 그때가 아니라 네가 날 곁에 두고 다른 이를 생각하게 될 때를 더욱 두려워한다.

이별은 언제라도 사랑의 부재를 인정해야 하는 암묵적 관계의 종결을 의미하지만, 배신은 내가 온전히 당신만을 사랑했던 모든 시간을 파쇄시키는 고통을 수반하기 때문이다. 이별의 상처는 내성이란 일시적 아픔의 축적들로 나를 강하게도 만들지만, 배신의 상처는 깊은 흉터가 되어 모든 새로움을 거부하고 차단시켜 나를 나약하게 만든다.

어떻게든 우리가 배신만은 평생 피하고 싶어 하는 가장 큰 이유는 상처 받지 않을 나의 권리를 파괴시킨 자가 하필 가장 사랑한 사람이기 때문이며, 그 순간만큼은 누구에게나 치명적인 트라우마로 남아 괴롭히기 때문이다. 마치 온몸을 던져 자신에게 뛰어들어 보라던 저 바다 같던 당신이 나의 코를 막고, 입을 막고, 폐를 쥐어짜던 죽음의 고통을 건네 준 이후로 나는 이제 바다뿐만 아니라 마시는 물 자체도 두려워하게 되어 버린 것과 같은 악몽이다.

2. 변하지 않으려는 마음, 초심

"사랑의 완성은 오직 시간을 초월할 때만 유지된다."라는 말은 결국 쉽게 잊어버리는 그때의 초심으로 수시로 돌아가려는 회귀 노력이다. 이런 노력을 꾸준히 하는 사람들만이 충만한 사랑의 지속성을 경험할 자격을 갖는다.

"나 어쩔 땐 네가 대리가 아니었으면 좋겠다고 생각해. 차라리 나처럼 고졸이고 돈도 나보다 한 5만 원 덜 벌었으면 좋겠다는 생각도 한다고. 그래도 나는 너를 한 100년 정도는 지금처럼 똑같이 좋아했을 거야."

-쌈, 마이웨이_설희의 대사

그냥 남자친구가 아닌 설희란 세상의 주인공이던 지만에게 그녀가 부탁한 것은 오직 하나. 이 세상 모든 것이 다 변해도 너란 세계만큼은 그때처럼 변하지 말아 달라는 부탁이었다. '저 차 하나만 있다면 정말 좋겠다.'는 당신의 그 첫 마음이 남들처럼 '더 큰 차를 갖고 싶다.'란 그 다음의 마음으로 부디 변하지 않길 바라는 간절한 기도였던 것이다.

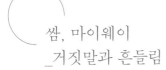

쌈, 마이웨이
_거짓말과 흔들림

1. 하얀 거짓말의 실체

진실은 어떤 상황에서도 변함없이 온전하게 존재한다. 다만 거짓이란 손때 묻은 포장으로 숨겨져 있을 뿐이다. 그렇다면 좋은 의도를 가지고 상대를 속이는 하얀 거짓말(white lie)은 과연 용서받을 수 있을까. 사실 이 대답은 Yes or No라는 선택의 문제는 아니다.

"거짓말은 어떤 일이 있어도 인정할 수 없지만, 거짓말과 다르고 의미도 약한 부정확한 말은 때로 할 수 있다."
-임마누엘 칸트

칸트의 말처럼 사람들과 부대끼며 살다 보면 하얀 거짓말의 목적인 타인을 위한 배려가 성립해야 할 경우도 반드시 존재하기 때문이다. 타인의 기분을 상하지 않기 위해, 근심을 덜어 주기 위해 해야만 했던 분명한 경우처럼 말이다.

2. 하얀 거짓말의 성립 조건

과연 드라마에서 남자 주인공 지만이가 자신의 여자친구 설희에게 말한 것은 진짜 거짓말일까? 하얀 거짓말일까? 하얀 거짓말의 의도와 목적은 '타인에 대한 배려'란 사실을 잊지 말자. 결국 하얀 거짓말의 성립 조건은 '타인이 그 배려를 인정했는가?'로 결정된다.

남자친구인 주만이는 설희에게 수차례 거짓말을 한다. 전화 대상이 여성이 아닌 남성이라며 속인 것보다 중요한 건 자신의 여자친구인 설희도 알고 있는 사내 후배인 예진이란 존재를 애써 감췄단 사실이다. 바꿔 말하면 아무 감정 없는 여성이었다면 절대 주만이가 진실을 감출 이유는 없지 않았을까.

혹 어떤 사람들은 괜한 솔직함이 오히려 여자친구인 설희의 경계심을 사는 것이며, 차라리 하얀 거짓말이 필요하다고 주장할 수도 있다. 다시 강조하지만 하얀 거짓말의 인정은 내가 아닌 상대이다.

"그 밤에 문자 온 게 장예진(인턴)인 것보다, 그 애가 너한테 꽃 등심 먹자고 한 것보다, 네가 장예진을 김찬호라고 말한 게,

그게 진짜 나한테는 진짜 총 맞은 것 같았다고. 난 총 맞은 여자
야. 개구라는 다 시커멓지. 다 개더럽지. 다 개소리지!"

   -쌈, 마이웨이_설희의 대사

"우리는 진실을 말할 자신이 부족할 때 거짓말을 한다."

그랬다. 상대에게 아무리 새까만 선글라스를 끼웠다고 해서
하늘이 파란 진실은 변함이 없다. 그리고 매번 경계심이나 오해
를 핑계로 하늘을 가리키며 검다고 말하는 당신의 거짓말에 상
대는 차라리 눈을 감아 버리고 싶었을지 모른다.

3. 친절과 자상함의 차이

   남자 주인공인 주만의 모든 답답함에는 그의 지나친 친절도
한몫한다. 특히 이성 간에는 '친절'과 '자상함'은 반드시 구분되
어야만 한다. 누구도 "당신이 친절해서 좋아해요."라며 고백하지
않는다. 오직 "나에게만 자상해서 좋아해요."일 때 비로소 관계
가 특별하게 된다.

   주만의 몸에 배인 '친절'은 모두를 위한 습관적 행동이며, 한
사람을 위한 '자상함'은 전혀 다른 특별함이다. '친절'과 '자상함'
을 구분하지 못할 때 분명 아니라고 부인하던 이성 사이의 모호

함은 더욱 짙어진다. 즉 그가 후배인 예진에게 베푼 친절이 문제가 아니라 예진에게 특별한 자상함을 심어 주었기 때문이다.

극중 설희가 바라보는 '옷핀'은 그냥 옷핀이 아니다. 자신의 실수와 부족함까지 채워 주던 남자친구 주만이와 간직한 연결고리다. 그 옷핀으로 다른 여성의 치마를 정리해 준 주만의 친절은 더 이상 '내가 아닌 누구라도'로 느끼기에 충분했다.

4. 흔들림

"그냥 지나가는 바람인 줄 알았거든? 근데 그냥 바람은 바람이잖아. 그건 ○×의 문제지. 크고 작은 문제가 아니었는데 내가 미련했어."

-쌈, 마이웨이_이별을 선고한 설희의 대사

처음 손을 잡던 그 온 떨림의 순간에는 잔바람이 불어와 흔들어 대도, 커다란 태풍이 불어 닥친대도 놓지 않아야 한다는 움켜짐은 더욱 강해졌을 것이다. 어느덧 내가 잡지 않아도 그녀가 나를 잡고 있다는 안도심, 그 안일함의 시작이 너와 나의 특별함을 소원하게 만든 것이다. 흔들림은 상대의 불안이 되고, 거짓말은 상대의 불신이 된다. 그래서 여자 주인공 설희는 주만을 먼저 버린 것이 아니라 잡지 않은 손을 같이 놓아준 것일 뿐이다.

쌈, 마이웨이
_질투란 놈

1. 인간의 욕망

철학자 에피쿠로스는 인간의 욕망을 3가지로 나누었다.

첫째, 생존을 위한 꼭 필요한 욕망(식욕)
둘째, 자연스럽지만 반드시 필요하지 않은 욕망(성욕)
셋째, 자연스럽지도 필요치도 않은 욕망, 즉 사치와 탐욕이다.

인간은 사실 첫째 욕망만 충족된다면 살아가는 데 큰 지장이
없다. 그렇다면 인간이 가장 소중하다고 생각하는 가치인 '사랑'
은 이중 어떤 욕망일까?

사랑이 밥을 주지는 않지만 사랑이 잘못될 경우 밥을 거부하
는 극단을 선택하며 생존을 위협하기도 한다. 이런 면을 봤을 때
사랑은 식욕과는 엄연히 다르지만 생존을 위해 꼭 필요한 욕망
이 아닐까?

사랑은 배고픔처럼 해소되는 일회성이 아닌, 보고픔이란 채울 수 없는 지속성의 문제를 가진다. 이렇듯 인간의 생존은 단순히 '해소'만을 위한 욕망에 그치는 것이 아니라 동물이길 초월하는 인간만이 가지는 특별한 가치 즉 사랑이 아닐까?

문제는 둘째와 셋째 욕망이다. 인간의 사치와 탐욕을 증명하는 둘째와 셋째 욕망으로 인해 끊임없이 전쟁과 갈등이 발생되며, 사랑이란 성역에도 예외는 없다. 바로 '시기와 질투'란 양면성의 씨앗을 이 욕망들이 탄생시켰기 때문이다.

2. 질투의 양면성

"어떤 사람이 어떤 것을 즐기고 있다고 생각하는 것만으로도 우리는 그것을 사랑할 것이라고, 그것을 즐기려고 한다고 생각할 것이다."

-스피노자

스피노자는 나와 전혀 상관없는 상황에도 단지 타인의 행복감에 반응하는 것이 질투심이라고 했다. 하나 나는 이런 질투의 부정적인 면이 아니라 질투를 이성 간의 사랑과 우정의 척도를 가르는 '자가 진단 테스트기'로 사용할 수 있다는 점을 우선 이야기하고 싶다.

3. 질투 vs 시기

누군가를 진심으로 좋아하는지 알고 싶다면 그 또는 그녀가 다른 이성과 친한 모습을 보고도 아무렇지 않은지 확인해 보면 된다. 대개 누군가를 좋아하면 그 사람을 지켜주고 싶은 마음이 생기는데 이것은 '질투'의 긍정적인 면이다. 반면 누군가를 좋아하는 확신은 없으면서 단지 빼앗기기 싫어 하는 것은 '탐욕'으로 질투의 부정적인 면이다.

긍정의 질투는 일반적인 사이에서 사랑으로 진전시키는 임계점이 된다. 반면 탐욕은 마치 갈증을 해소하기 위해 급히 마신 바닷물처럼 남아 있던 소중한 수분까지 모두 빨아들이고 끝내 비극을 낳는다.

질투와 탐욕의 구별은 가슴속 태동 즉 씨앗의 열매로 결정된다. 사랑의 감정은 질투의 씨앗을 낳지만, 질투만으로는 사랑이란 꽃을 절대 싹 틔울 수 없다. 즉 사랑이 전제된 질투 그리고 시기해서 상대를 소유하겠다는 탐욕은 분명히 구별해야만 한다.

4. 사랑과 우정 사이

남자 주인공 동만이 바라보는 20년 지기 이성 친구인 애라는 잃기 싫은 여자사람친구이다. 이런 막역한 이성 친구 간의 우정은 과연 가능한가에 대한 질문은 어쩌면 어리석은 질문일 수 있다. 천둥이 일어나면 벼락은 반드시 쳐야만 하는데 오직 그 벼락을 우정이란 피뢰침으로 일시적으로 막고 있을 뿐이다. 문제는 평생 그 피뢰침이 잘못되지 않을 것이라고 어느 누가 확신할 수 있을까? 서로의 마음에 오직 저 피뢰침까지 흔들고 감전시킬 거대한 벼락이 아직 일어나지 않은 것일 뿐.

이성 간의 우정은 차디찬 폭탄과도 같은 것이다. 너의 가장 가까운 곁으로 다가갈 수 있는 자격을 얻지만 현재의 친밀한 관계가 유지되기 위해 절대 뜨거워져서는 안 되는 안전한 장치가 달린 폭탄 같은 관계. 그래서 누군가 그 폭탄 심지에 먼저 불을 켜는 순간 언제든지 되돌릴 수 없는 불안정한 관계.

나는 이 땅의 순수한 남녀 사이의 우정을 의심하는 것이 아니다. 다만 이 차가운 폭탄의 심지에 암묵적으로 불을 붙이지 않기로 서로 합의한 것뿐이며, 그 관계는 완벽한 관계라기보다 일말의 가능성을 품은 불안정한 상태라는 것을 말하고자 한다.

이처럼 아무리 차가운 폭탄도 폭탄이란 사실은 불변한다. 사실 친구라는 이름도, 그들의 우정도 애정이란 미열이 서로 성립되지 않는다면 존속되기 어렵다.

세 번째 드라마는 「사랑의 온도」다. 낭만적인 사랑이 아닌 현실적인 면을 바라보는 여자와 항상 옳음을 따르는 남자의 러브 스토리다. 남자의 첫 고백을 여자가 거절한 후 5년 뒤 재회하면서 일어나는 상황들을 그렸다. 이 드라마에서는 '연락처의 의미'와 '키스의 의미'를 이야기하려고 한다.

사랑의 온도
_연락처의 의미

"전화번호 적어 줘요. 전화할게요."
"경계 안 해. 이제. 근데 볼펜 없어요."
"그럼 말해요. 외울게요."
-사랑의 온도_남자 주인공 온정선의 대사

　이름을 물어보는 것은 당신이 누구인지 궁금하다는 것이고,
연락처를 물어보는 것은 당신에 대해 조금 더 깊이 알아 가고 싶
다는 것이다. 그렇게 다가온 자에게 연락처를 알려 주는 것은 품
었던 경계심을 잠시 내려놓음을 의미한다.

　이처럼 이성 간의 연락처는 평범한 숫자의 나열이 아니라 보
안 카드 같은 암호이자 관계의 진전을 위해 반드시 풀어야 하는
첫 번째 숙제와 같다. 어떤 커플도 지갑처럼 소중히 들고 다니는
핸드폰 번호의 교환 없이 성사된 커플은 거의 없을 테니.

그래서 "당신의 연락처를 알 수 있을까요?"란 질문은 이미 나의 의도와 본심을 상대에게 들켜야만 하는 드러냄이다. 볼펜의 흔적 없이도, 미리 내 마음을 들켜서라도 작은 용기를 내야만 하는 이유는 그토록 과묵하던 입을 열고, 매일 누르던 현관문 비번조차도 쉽게 잊어버리는 머리를 활성화시켜서라도 절대 잊지 말아야 하기 때문이다. 만약 이 숫자를 떨어트린다면 다시는 이어붙일 수 없는 유리 조각처럼 11자리 그 어떤 숫자도 소홀히 할 수 없어 수십 번 곱씹어 보며 연습하는 마음이다.

　당신과 함께하기 위해 무엇보다 필요했던 연락처를 알려 달라는 작은 고백은 지금 겁쟁이처럼 물러선다면 앞으로 더 이상 당신을 만날 수 없다는 그 끔찍한 상상을 떠올리며 평생 후회될 순간이란 걸 온몸으로 느꼈던 최초의 조급함이다.

사랑의 온도
_키스의 의미

"그렇게 솔직하게 말하면 여자들은 키스 안 해. 여자들은 환상을 갖거든. 내게 키스하는 남자는 날 사랑해서 그런 거다."
 -사랑의 온도_여자 주인공 이현수의 대사

여자에게 키스가 환상이고 사랑이듯이, 남자에게도 물론 키스는 환상이며 사랑이다. 다만 이 둘이 바라보는 환상과 사랑의 시선은 조금 차이가 있다.

여성에게 키스는 시작이다. 입술이 닿은 그 최초의 순간까지 당신과 나의 행복들을 곱씹어 보는 상기이며, 앞으로 펼쳐질 행복들을 연장해 나가는 환상의 시작이다. 즉 사랑의 낭만성이 충만해지는 꿈의 무대 위 주인공으로 등극하는 설렘이다.

남성에게도 키스는 시작이다. 서로의 입술이 닿은 키스는 굳게 닫힌 문을 열고 들어간 짜릿함이며, 감당할 수 없는 욕망의 문 앞에 한 걸음 가까워진 성취의 시작이다. 즉 고대하던 욕정이란 환상의 문을 엶과 동시에 당신을 지켜야 한다는 책임의 시작이다.

"이렇듯 남자는 사랑을 현실 세계로 품는 반면, 여자는 사랑을 둘만의 무대로 품는다."

단순히 서로의 입술이 닿은 성애의 행위를 넘어 사랑이란 감정을 확인하는 것이 바로 '키스의 의미'이다.

태초의 인간은 따뜻하고 안락했던 엄마의 자궁 안에서 밖으로 나옴으로써 세상이란 거대함을 온몸으로 느끼며 자신이 티끌 같은 존재임을 느낀다. 겨우 숨이 붙어 있는 그 작은 존재가 두 눈을 부릅뜨기도 전에 하는 행동은 바로 울음을 터트리며 엄마란 보호자를 찾는 것이다. 그렇게 시작된 인간의 '애착'은 바로 나의 '생존'을 뜻하며, 물고 빨고 삼켜야 했던 몸짓들은 엄마의 심장소리와 따뜻함에 가장 가까웠음을 의미한다.

그래서 내가 당신과 키스를 한다는 것은 이 버거운 세상에서 잠시라도 벗어나는 유일한 일탈이며, 잃어버린 태초의 따뜻함과 심장소리를 상기시키며 삐거덕 고장 났던 심장을 소생시키는 달콤한 호흡이다.

너를 위해서

아빠는 딸을 오랫동안 곁에 두고 싶어 하고, 딸이 여성답게 자라길 바란다. 당연히 그는 누구보다 딸을 '사랑'한다는 이름으로 이것저것 경제적 지원을 아끼지 않고 또 요구한다. 상대적으로 약자인 딸은 아빠에게 끝까지 인정받기 위해 원치 않더라도 점점 '내'가 아닌 아빠가 바라는 '딸'이 되어 가고, 아빠는 사랑이라는 이름으로 점점 자신이 원하는 딸로 바꾸려 한다. 딸은 아빠의 사랑을 잃지 않기 위해 평생 아빠의 딸로 살아간다.

그러나 절대 이 둘은 행복할 수 없다. 아빠는 끝없는 자신이 원하는 욕망으로, 딸은 그 욕망의 희생자로 서로 조르고 숨 막히게 하며 살아갈 테니 말이다.

하버드에 다니는 딸을 사랑하는 아빠와 하버드에 다니는 딸로 일 년을 거짓으로 살아간 딸. 이 사이에는 위와 같은 숨 막히는 요구와 인정이 존재한다. 태어나면서부터 의지해야만 하는 자녀의 나약함은 부모에 대한 애착과 인정으로, 부모는 사랑으로 창조한 새로운 존재를 소유하고 욕망을 투영함으로써, 그렇게 서로를 옭아매며 거짓사랑으로 포장한다.

이처럼 사랑하는 관계에서 가장 무서운 말은 "모두 너를 위해서"라는 말일지도 모른다.

　-드라마「스카이 캐슬」을 보며

4

당신과 멀어지고
나와 가장 가까워졌다

인어공주들을 위한 글

그녀를 대하는 나의 마음이 진심이었다고 느낀 때가 있었다. 평소 원치 않던 행동까지도 그녀를 위해서 노력하는 내 모습을 바라볼 때였다. 인간이라면 마땅히 싫어할 타인의 간섭과 구속을 어떻게든 거부하고 주체적 사명인 '자유'를 사수하고 싶던 나의 당연함도 그녀만큼은 다른 가치였다. 얼마나 웃긴가. 평생 함께 한 가족의 안부 연락은 매번 짧은 답장과 대화를 중단시켰으면서도 그녀의 것만큼은 달랐으니 말이다.

똑같은 의도를 가진 수단이라도 오직 내가 원하는 대로 오역해 버리는 이기주의, 그것이 사랑이 가진 다른 이름이었나 보다. 나를 최우선으로 여기며 살아왔던 내가 너를 위해 '자발적 노예'라도 되겠다며 '당신'이라는 이름 하나로 종속된 관계를 허한 것이다. 자신의 영혼을 바친 파우스트처럼 오직 한 사람을 위한 사랑을 얻고자 불평등계약을 맺는 관계, 바로 사랑이었나 보다.

분명 사랑은 한 인간으로서 만들어 낼 수 없는 '충만함'을 선물했다. 그중에 하나가 바로 곁이란 존재의 선물이다. 아무리 현재 행복하고 즐거워하더라도 정작 주변에 나눌 사람이 없다는 것만으로 그 감정은 반감되었지만, 작은 내 행복도 함께 바라봐 주는 사람이 있다는 존재만으로도 그 기쁨은 배의 가치로 증폭되는 버프(buff) 아이템 같은 소중한 선물이었으니 말이다.

어떤 신도 감히 해 주지 못했던, 행복을 두 배로 높이고 슬픔은 절반으로 줄여 주는 이 놀라운 축복을 사랑 너는 가능토록 해 주었구나. 그러나 영원할 것만 같던 이 소중함도 불후할 수 없음을 곧 깨닫게 된다. 차라리 당신을 만나기 전 그때로 다시 돌아가길 간절히 바랐으나 가차 없이 떠밀며 하필 가장 행복했던 그 시간들을 반드시 회귀시켜 슬픔은 두 배가 되고 기쁨을 앗아 버리는 절망의 나락 속에서 홀로 견뎌야만 했다.

바라보는 것만으로도 웃음 짓게 만든 꽃 같던 존재가 하루아침에 증발해 버린 이별이란 이름은 가혹했다. 화병에 꽂힌 꽃을 빼 버리면 흠뻑 머금었던 수분만큼 품었던 따뜻함도 잃어버린 것이다. 더욱 잔인한 건 분명 꽃은 치워졌지만 그 화병 속에 고인 물에는 여전히 당신의 향이 농하게 배여 있다는 사실이다.

다시 만날 수만 있다면 무엇이든 하고 싶었다. 저 깊은 바다 속 인어공주처럼 목소리를 바쳐서라도 당신에게 달려가고 싶었 지만 정작 닿지 않는 공허한 외침이란 걸 알기에 슬픔의 눈물 위에 흩뿌려진 시퍼런 그리움은 온 바다를 흥건히 물들게 했다. 다신 돌아오지 않을 추억의 해안가 위에서 당신 없이 지느러미만 퍼덕거리는 불구의 존재가 되어 버렸다.

나의 언어를 잃고, 갈 곳을 잃고, 시간을 잃어버린 자들. 후회 없는 꿈을 잠시나마 바라 왔던 이 세상의 모든 인어공주. 그래도 우리는 진심으로 사랑을 줘 봤으니 오직 슬픈 사랑은 아니었길. 그래도 우리는 헤어짐을 배웠으니 새로운 만남의 가치를 깨닫게 되었길. 그래도 우리는 잃어버려 보았으니 다시는 소중함에 소홀 히 하지 않길.

솜사탕

아무짝에도 쓸모없던 차가운 공기 같던 내가
뜨거운 설탕처럼 달고 단 너를 만나
누에고치마냥 가는 실을 뽑아낸다.
원하는 색을 입힌 아름다운 솜사탕마냥
우리의 사랑도 부풀어 색동옷을 입었다.
내 입안 그 달콤함이 퍼지는 순간처럼
너의 미소와 웃음소리로 내 감각을 마비시켜 버렸다.
결핍을 메웠던 가득 찬 공기들은 솜사탕구름이 되고
구름은 필연적으로 비를 쏟아 내야만 했나 보다.
한 입에 다 담을 수 없을 듯 커 보였던 뭉게구름이
나무젓가락 하나만하게 되는 데 오래 걸리지 않았다.
입안 걸쭉히 남은 진한 단내는 아직도 진동하는데

결국 우리 사랑은 설탕 한 움큼밖에 되지 않았나 보다.

늦은 사랑

당신의 흥미가 다할 때쯤
나의 믿음은 쌓여 갔고

당신의 흥분이 해소될 쯤
나의 사랑은 싹을 틔웠고

당신이 먼저 이별을 준비할 때
나는 당신과 미래를 꿈꾸었다.

그렇게 당신이 흥미와 흥분과 이별을 거치는 동안
바보 같은 나는 당신이 좋아져 버렸다.
이렇게 나는 매번 늦다.

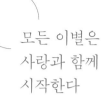

모든 이별은
사랑과 함께
시작한다

모든 이별의 시작은 사랑과 함께 시작하며
사랑이 지치지 않는 한 이별은 서두르는 법이 없다.

이별은 저 멀리서 달려오는 부지런함이 아니라
그저 사랑 뒤에 바짝 서서 지치길 기다릴 뿐이다.

사랑이 커졌다고 이별이 작아진 것도
사랑이 잠시 앞섰다고 이별을 떼어 놓는 것도 아니다.

사랑이 주저앉을 때까지 이별은 멈춘 적이 없었으며
사랑이 멈추기 전까지 이별은 주저앉지 않았다.

후회와 원망

다 못해 준 사랑이 떠날 때는 후회가 크고
최선을 다한 사랑이 떠날 때는 원망이 크다.

후회는 본인의 아쉬움이며
원망은 상대에 대한 아쉬움이다.

그래서 사랑이 어렵다.
후회를 줄이기에는 난 항상 부족한 사람이고
원망을 줄이기에는 그대는 너무 눈물겹다.

5시

왜 그녀는 하필 그때였을까.
'오후 5시'

태양이 가진 힘을 잃어갈 때.
밤의 기상이 깨어나 솟아날 때.
단 한 번도 꿈꿔 보지 못했던
그녀의 마지막 뒷모습을 바라보며
도로 위에 홀로 남겨져 있다.

지금까지 내 삶의 존재였던 너였는데
엄습하는 밤처럼 모든 빛을 몰아내고
멀어지는 너의 발걸음만큼
길어지는 너의 그림자가
내 발끝에 닿았다.

나는 무릎을 꿇고 앉아
체온 없는 너의 볼을 잡고
못다 한 마지막 인사를 건넨다.

문득 그림자가 가장 길어지는 5시만 되면
그때 닿았던 그리움이 또 다시 길어지려 한다.

서서히 잊힐
사람아

어느 날 불현듯 내 앞에 나타난 당신처럼 느닷없이 이별도 내 앞에 선고되었나 봅니다.

전 아직도 그때를 잊지 못합니다. 나의 인생 안에 당신이란 존재가 처음 개입하게 된 그때를 말입니다.

매번 그랬듯이 주저하며 발 딛고 있던 두려움 속에서 용기내지 않았다면 당신이란 강가에 절대 닿지 않았겠지요.

그 원동력은 아마도 내가 살면서 해 왔던 것들이 아닌 당연히 했어야만 했던 것들의 후회였을지 모릅니다.

이런 후회를 줄이기 위한 첫 발자국들이 용기라면 당신이란 비옥한 땅에 뿌리를 내리고 싶던 마음은 욕심이었을까요.

사랑할 수 있는 존재가 있다는 것은 정말 행복한 일입니다. 그러나 무엇보다 당신이 바로 사랑 자체였기에 행복했나 봅니다.

그런 당신을 상실한 상처의 아픔은 외부 세계를 차단시키고 그 추억 속에 갇혀 헤어 나오지 못하는 형벌을 받고 있습니다.

억지로라도 당신을 잊으려 노력했지만 이별은 노력이란 단어와 맞지 않았나 봅니다.

나는 당신이라는 마부에 의해 묶인 말 한 마리였나 봅니다. 마침내 끈은 풀렸지만 감히 떠나가지 못하고 당신과 잠든 그 밤들을 추억하니 말입니다.

그러니 내게 빨리 잊으라 하지 말아요. 낮이 지나면 반드시 밤은 오기 마련이고 밤에는 당신이란 달이 뜨니 말입니다.

나는 죽음과 삶의 어딘가에서 비틀거리며 걷고 있습니다. 산 자들은 죽은 자들의 죽음을 알 수 없듯이 이별이란 죽음 앞에선 그 누구도 침묵해야만 합니다.

부디 어떤 말로 내게 위로하려 하지 말아요. 부인했던 만큼 사랑했고 애도할 만큼 소중했기에 서서히 잊힐 사람인가 봅니다.

당신의
자리 크기

    난 평소처럼 내리기 편한 버스 뒤쪽 2인석 자리에 앉았어. 남은 자리도 많았고 조금이라도 편하고자 널찍하게 앉고 싶었어.

    난방의 입김은 버스를 가득 채웠고 지면에 닿은 타이어를 타고 느껴지는 작은 진동들마저 날 다독이듯 안락하게 했어. 딱 네가 타기 전까지 말이야.

    많은 빈자리 중 하필 내 옆에 앉겠다며 멀뚱히 나를 쳐다보는 것이 느껴졌어. 매번 그런 불길함은 틀리지 않아서 문제지.

    그냥 신경 쓰지도 않았어. 난 편했고 안락했거든. 네가 내 옆에 앉기 전까진.

    어쩌겠어. 내 옆자리지만 아무나 앉을 수 있는 자리였던걸. 차라리 내가 자리를 옮기려고 마음먹었을 때 마침 난방이 꺼져 버린 거야. 그리고 갑자기 느껴졌어. 너의 체온이. 그렇게 거추장스럽던 너의 따스함이 딱 나 하나만을 위한 난방 같았지.

그냥 귀찮아서 앉아 있었고 기껏 내가 데워 놓은 자리를 떠나기 싫었어. 그리고 얼마 지나지 않아 넌 부저도 안 누르고 급히 내리더라고. 어찌나 재빠르던지.

근데 이상한 게 뭔지 알아? 다시 버스에 웅웅 힘을 내며 난방이 켜졌는데도 한참 동안 난 못 느꼈단 사실이야. 오히려 잠시 네가 떠난 빈자리에서 시린 한기를 느꼈거든.

편안함을 불편함으로 채웠던 네 공간이 처음 혼자 탔을 때처럼 다시 확보되었는데도 이상하게 처음 그때처럼 편하지 않았어.

그게 딱 내 곁에 있던 네 자리 크기였던 거 같아.
별로 크진 않지만 그렇다고 너무 작지도 않은 딱 그 정도.

마치 한겨울에 함께 앉은 버스 뒷자석 같은 느낌 말이야.

스벌 놈

수벌은 여왕벌과 교미 후 자신의 정액만 남기는 것이 아니라 페니스까지 남긴다.

그리고 땅바닥에 떨어진 뒤 탈수증으로 수 시간 내에 죽는다.

만약 인간 수컷도 수벌처럼 평생 단 한 번의 성관계만 가능하다면 조금은 자신의 도구를 쓰는 데 신중했을 것이다.

평생 자신의 머리를 각성시키지 못한다면 생식기관이라도 조심히 쓰도록 진화시켰어야 했다.

자신의 손바닥보다 작은 생식 도구조차 스스로 통제하지 못하는 동물들이 어찌 만물의 영장이라 우길 수 있단 말인가.

그들은 그냥 수벌보다 못한 '스벌 놈'이라 부르는 게 낫다.

혓바늘

아주 작은 돌기 하나가 입안에 돋더니
모든 삼킴을 저항하고 있다.

심지어 나의 침조차도 사치라며
고이고 고인 침을 어렵사리 넘겨 본다.

넘어진 흉터라면 딱지라도 생길 텐데
너는 내 안에 숨어 기생하듯 점점 커져만 간다.

먹는 것도 거부하고
마시는 것도 차단한 채
시간만 지나길 기다리는 내 모습이
마치 너를 보낸 그날 같았다.

모든 것을 거부하고 오직 숨만 겨우 쉴 수 있던 그때처럼

돋아난 너란 혓바늘로 한동안 모든 생각의 삼킴을 거부했던 그날처럼.

숨,
그리움
그리고 당신

깊이 들이마신 숨일수록
오래 뱉어야만 했던 그때처럼

그때의 사랑도 깊은 후회를 지나서야
얼마나 소중했는지 깨닫게 된다.

사랑이 숨이었다면
뱉어야 할 것은 그리움이고
그리움을 토해 내고 싶었는데
이미 숨이 되어 버린 당신.

삶과 사랑의 공통점

갖고 싶은 것을 원하는 고통,

갖게 되었지만 언제든 잃어버릴 것 같은 고통,

잃어버린 뒤 부재에 대한 고통.

우리가 그 시간을 잊지 않는다면 이 모든 것이 끊임없이 반복되는 고통의 굴레에서 누군가와 함께 고통을 덜어 가며 또 살아간다.

이런 인간의 삶과 '사랑'은 너무 닮지 않았는가.

사랑 이놈은 골수까지 뽑아 갈 만큼 나를 뼈아프게 만들지만 결국 살아야 한다고 또 링거를 꽂아 주는 것도 바로 사랑이었으니 말이다.

물때

와이퍼로 아무리 열심히 닦아 내도

그곳의 물때는 여전히 남아 있었다.

왜 너란 그리움은 끈질기게도

내 시야를 간헐적으로 방해하는가.

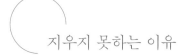

지우지 못하는 이유

지우기 위해선 무엇을 지울지 반드시 상기시켜야만 했고,

그렇게 지운다는 핑계로 마지막 추억을 더듬어야만 했고,

모든 흔적을 지운다는 각오로 작은 것까지 다 끄집어내야만

했지만,

지운다는 그 마음도 어느덧 함께 지워져 버렸다.

어쩌면 한 사람을 깨끗이 지운다는 건

새로 다시 태어나야 할 만큼 불가능한 건지도 모른다.

고마웠어

이별을 대하는 자세는 "잘 가(farewell)." 대신 성숙한 "고마워
(thanks)."였다.

따뜻한 봄날 어떻게든 잠들 수밖에 없었던 달콤한 낮잠처럼
내 생에 당신이란 사람이 잠시 쉬고 떠났더라도 남은 일생을 잘
살아가란 충분한 힘이 되었기 때문이다.

그래서 "잘 가."라는 형식적인 미래의 안부보다 지금까지 함
께해 준 좋았던 시간들의 상기인 "고마웠어."라는 마지막 인사로
서로의 끝을 조금 더 아름답게 정리할 수 있지 않을까.

# 거짓 사랑

간절했으면서 그때를 망각하고
익숙하다면서 서서히 소홀하고
걱정된다면서 마땅히 간섭하고
믿는다면서 끝까지 구속하고
위로한다면서 처지를 동정하고
알려 준다면서 하나씩 가르치고
들어 준다면서 약점을 발설하고
이해한다면서 또 다시 불평하고
약속한다면서 일찍이 파기하고
지켜 준다면서 결국은 파괴하고
함께한다면서 앞서서 멀어지고
사랑했으면서 뒤돌아 저주하는

사랑이란 가면을 쓴 거짓 사랑들.

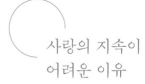

사랑의 지속이
어려운 이유

누구에게나 사랑의 지속이 어려운 이유는 무엇보다 두 가지 인정이 일어나기 때문이다.

하나는 상대에게 바라는 나의 기대에 대한 충족이 매번 결핍으로 잔여된다는 실망 인정이고, 나머지 하나는 어떻게든 그 결핍을 피하고자 나의 기대를 없애려 할수록 상대에 대한 온정도 함께 줄어든다는 슬픈 인정이다.

그렇기에 우린 스치는 모든 것에 의미를 담아야만 했다. 결핍도, 잔여도, 의도적인 계산까지도. 감히 일말의 변명도 허용치 못하도록.

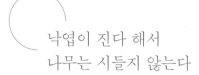

낙엽이 진다 해서
나무는 시들지 않는다

한 번이라도 진심으로 사랑을 해 본 사람은 안다. 이별의 아픔이 얼마나 숨 멎을 고통을 수반하는지 말이다. 그래서 누구는 그 이별을 다시는 경험하기 싫어서, 또 누군가는 나에게만 온전히 집중하고 싶다며 사랑 중단을 선언한다. 그러나 그들은 '사랑'에 대해 착각하고 있을 뿐이다.

진정한 사랑의 가치를 아는 사람들은 이별을 두려워하지 않는다. 오직 스스로에 대한 결여 즉 자기애가 부족한 사람들만이 또 다시 사랑을 위해 자신이 가진 모든 것을 희생해야 한다는 잘못된 관념을 가질 뿐이다. 이별을 포함한 진정한 사랑은 절대 자신을 잃어버리는 것이 아니다. 오히려 오랫동안 잃어버렸던 자신을 회복하는 것이다. 따뜻했던 그때를 거름 삼아 추운 겨울을 이겨 내듯이 말이다.

애도의 계절

한여름 태풍 앞에서도 견뎌 내던 저 강인한 잎들이
왜 가을 작은 입김에도 흩날려야만 했을까.

이별은 잠시 따뜻했던 그때를 잊지 못한 그리움이 아니라
반드시 다가올 그때의 가을을 잊지 않는 기억일지 모른다.

한때 쪽빛 푸름과 분홍 꽃을 피워 낸 찬란함뿐만 아니라
두터워진 나이테 같은 성장통의 흔적은 피할 수 없었나 보다.

해서 상처만 남은 이별은 있을 순 있겠지만,
충분한 애도 없는 이별은 결코 이별이 아니었다.
기상청의 예보보다 짧았던 겨울은 있더라도
추운 겨울을 건너 뛴 따뜻한 봄은 존재할 수 없었으니.

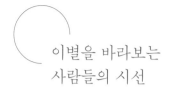

이별을 바라보는
사람들의 시선

"나 이별했어."

애초부터 언제든 헤어질 권리를 가진 서로가 했기에 이별에는
가해자와 피해자는 존재하지 않았다. 그러나 당사자가 아닌 제3
자의 입장에서는 그들이 어떤 사랑을 서로 간직했는지가 아닌, 누
가 먼저 사랑을 중단했는지에 따라 가해자와 피해자로 정의했다.

제3자에게 그들의 사랑은 드라마 시청자와 같은 관점으로 이
야기의 결말을 가장 간결하게 정리해야 하기 때문이다. 그래서
누가 먼저 이별을 통보했는지 같은 결정적 단서로 사랑을 중단
시킨 '악'과 그 선언으로 가슴 아파해야 하는 '선'을 가른다.

이 작업은 그들에겐 매우 중요했다. 악은 함께 물리쳐야 하는
가해자로, 선은 피해자를 품는 마음으로 연대하기 때문이다.

물론 당사자들 또한 이 사랑은 아름다운 추억으로 담아내기 전에 애도라는 정리의 시간이 반드시 필요했다. 그러기 위해서 무엇보다 이별의 이유를 찾겠단 목적으로 처음 상대를 만난 그 순간부터 곱씹어 보게 된다. 그리고 누구보다 빠른 정리를 위해 먼저 선언을 중단한 상대를 악으로 확정 짓거나, 또는 상대가 가진 어떤 치명적인 이유로 스스로 악이 되어야만 했다며 어떻게든 이별이란 원흉의 사유를 색출함으로써 슬픔에 대한 깊은 위로를 받으려 한다.

그래서 이별은 헤어진 순간까지가 아니라 헤어지고 나서 감당해야 할 것 모두를 포함한다.

사랑과 이별의 달리기

사랑과 이별은 같은 트랙 위에서 자신만만하게 자신이 이길 거란 확신에 차 있었다.

둘은 출발선에서 달릴 준비를 했고,
'땅' 하는 굉음과 함께 사랑은 재빨리 뛰어나갔는데
정작 이별은 출발선에서 아무런 움직임이 없었다.

그러다 사랑이 안도하는 순간 이별은 천천히 걷기 시작했고,
어느 순간 갑자기 전력으로 달려 골인 지점에 먼저 도착했다.

허망한 채 사랑은 이별에게 다가가 물었다.
"천천히 걷던 네가 어느 순간 전력으로 달리던데 대체 언제부터였니?"

이별은 친절히 대답해 주었다.

"네가 계속 달려야 하는지 의심하기 시작하고부터⋯."

상대에게 부여한 의미가 약해지는 순간 이별은 전력으로 달리기 시작했고, 더 이상 뛰어야 할 의미를 느끼지 못하는 순간 사랑은 달리기를 멈췄다.

5

넓게 바라볼 때
가장 깊게 이해할 수 있다

금지된 사랑

세부의 저녁 분위기는 한국의 그곳과 사뭇 달랐다. 사람들은 밝고 친절하며 유난히 흥나는 노래에 누구라도 함께 춤을 추고, 또 따라 불렀다.

현지 맛집이라는 유명 레스토랑에 들어가 음식을 시켰다. 모든 미각을 동원해서 음식 맛을 천천히 음미하려 할 때 원치 않은 말을 듣고 말았다.

남: 아, 씨×. 그럼 너 혼자 한국에 먼저 돌아가든가! 넌 매사 그리 부정적이냐?
여: 아니야. 몸이 힘들어서 그래.

원래 그렇다. 해외에서 내가 한국인이라 느끼는 경우는 외국어를 전혀 못 알아들을 때보다 이렇게 한국말이 너무 또렷이 들릴 때였다. 바로 내 앞 테이블이기도 하지만 남성의 목소리가 워낙 크고 센 어조라 듣기 싫어도 밥을 씹으며 듣게 되었다.

남: (혼자 식사를 하며) 아니 그래서 나보고 어쩌라고? 그걸 왜 지금 이야기하는데!

여: …

남: 에이씨, 밥맛없어. 야, 나 먼저 호텔로 갈 테니깐 알아서 와.

그렇게 혼자 식사를 마친 남자는 여자를 두고 떠났다. 차마 나는 그 여성의 모습을 보지 않았지만 식어 가는 음식보다 그녀의 심정이 걱정되었다. 둘은 분명 커플이고(커플 티), 해외여행 중이었다. 그리고 차마 식사를 끝내지도 못한 채 여성 혼자만 덩그러니 남겨졌다.

가끔 남녀가 교제하면서 둘 간의 유리한 권력을 행사하기 위해 자신의 입지를 높이려는 사람들을 본다. 단지 상대가 자신보다 더 좋아한다는 이유만으로 사랑의 게임에서 유리한 갑이 되려 하는 마음 때문에, 또 '남자라서' 여성에게만큼은 강하고 우월한 사람이 되고자 부단히 노력하는 마초남이어서다.

179

전자는 서로가 좋아하는 크기의 차이이다. 일방적인 그릇된 사랑의 시각으로 제대로 이해하지 못함이다. 자신보다 진중한 사람과의 연애 경험은 그가 남기고 간 충만했던 애정의 그리움을 매번 상기시키며 문신처럼 평생 지워지지 않는다. 이처럼 서로의 애정 차이는 단연 다를 수밖에 없지만 사랑은 언제나 더욱 큰 사랑이 소극적인 빈자리를 채우다 뒤 늦게 작은 사랑의 후회로 끝이 난다.

하나 후자는 위 조건과 전혀 다른 성질이다. 마초적 기질은 대부분 가부장제의 특성을 따른다. '남자와 여자는 다른 생물'이라는 전제의 확신이자 남성을 권력자로 하는 인습적 규범을 스스로 정한 것이다. 마치 가정에서 아버지는 절대 권한을 갖고 가족 구성원은 오직 그의 그림자 같은 존재가 되었던 것처럼 이런 남성 권력 지향성은 동등해야 할 사랑의 관계에서 순종적인 여성의 정절식 사랑을 기대하며 합을 이루려 한다.

사실 내가 본 그 남자가 사랑의 게임에서 갑인지는 알 수 없다. 또한 그가 했던 행동으로 마초남이라고 단정할 수도 없다. 다만 그 남자의 사랑은 가짜임이 틀림없다. 남녀 사이에는 어떤 상황에서도 절대 해서는 안 되는 금지 행동들이 분명히 존재하기 때문이다.

첫째는, 바로 '경멸'의 표현을 사랑하는 상대에게 어떤 상황에서도 뱉지 말아야 한다. 평생 제3자에게도 하지 못할 상처가 될 말을 가장 소중한 사람에게 던져선 안 된다는 것이다.

둘째는, 소중한 사람을 이별의 순간까지 절대 혼자 남겨두고 먼저 떠나서는 안 된다는 것이다. 사실 내가 너를 만나 교제를 한다는 것은 이 세상에 너 혼자라는 느낌이 들지 않도록 내가 함께 하겠다는 약속이자 책임이기 때문이다.

한데 이 남성은 한국도 아닌 타지에 자신을 믿고 함께 따라온 여성을 버려두고 떠나 버렸다. 그 여성에게 어떤 심적인 압박을 받았더라도 교제를 하는 관계에서 그것만큼은 절대 해서는 안 되는 불문율인 두 가지 모두를 어긴 것이다.

그 여성은 혼자 앉아 약 5분간 그 자리를 지키다가 떠났다. 제발 이 여성이 그 남성에게 돌아가 미안하다고 먼저 말하지 않기만을 바랐다. 그 5분의 시간은 아마도 본인이 무엇을 잘못했는지 반성하는 시간이 아니었길 바랐다. 그녀의 삶에서 가장 중요한 시간이 되었을 그 5분을 이제라도 상대가 아닌 자신의 모습을 들여다보는 데 썼길 진심으로 바랐다.

주(酒)님 이야기

나는 애주가는 아니다.
차라리 애처가는 자신 있다만.

알다시피 한 병의 소주는 정확히 7잔 조금 넘는 잔이 나온다.
그래서 둘이 소주를 마시면 딱 떨어지지 않는다.
한 병을 더 시키라는 주류 회사의 상술인지도 모르지만
소주는 혼자보다 둘이 마시라는 당위성이 차라리 나왔다.

그녀와 처음 마신 소주 한 잔을 기억한다.
술을 싫어하는 내가 주님의 힘을 빌려 고백했던 그날.
그리고 당당히 주량으로 이기면 받아준다 했던 그녀의 제안도.
오직 의지 하나로 주님과 응접하고도 당당히 이겨 낼 수 있던
사랑의 힘도.

그때부터 나의 주량은 오직 상대가 결정했다.

당신을 원치 않는다면

나는 주님의 손에 이끌려 잠들어 버릴 것이고,

만약 당신의 매력으로 날 각성시킨다면

주량과 변함없는 내 가장 밝은 모습을 보게 될 것이다.

매번 무릎 꿇어야만 했던 주님으로부터 나를 해방시키는 자.

당신이 바로 내 평생의 주님이시다.

해라는 존재

해를 매일 원했던 나뭇잎은 밤이 괴로웠다.
밤은 너무 어두웠고, 추웠으며, 외로웠다.

어느 날 밤 그의 앞이 따뜻하고 밝아졌음을 느꼈는데
가로등 하나가 자신을 어둠에서 구원한 것이다.

이제 그 나뭇잎은 더 이상 혼자가 아니었다.
낮에는 해가, 밤에는 가로등이 있었기 때문이다.

시간이 지날수록 나뭇잎은 변해 갔다.
굳이 밤까지 버티기 위해 낮에 온 힘을 다 할 필요가 없었다.
밤에는 가로등이 있었기 때문이다.

예전처럼 최대한 팔을 벌리지 않아도

해를 종일 바라볼 필요도 없어졌다.

그러던 어느 날 해는 졌지만 가로등이 켜질 시간이 한참 지나
도록 어둠이 나뭇잎을 에워쌌다. 아주 오랜만에 나뭇잎은 어두웠
고, 추웠고, 두려웠다.

한 시간.
두 시간.
밤은 점점 깊어 갔지만
별은 구름 뒤에 숨었고
달은 하필 오늘 새로 태어나고 있었다.

그 긴 어둠의 시간에 가장 먼저 생각난 건 바로 해였다.

갑자기 내 앞에 나타난 가로등도 아닌
잠시 내가 소홀해도 변함없던 해.
항상 변함없이 그곳에서 어둠을 물려준 해.

이처럼 '언제나 변함이 없다.'라는 것은 이 세상 해가 단 하나
뿐이듯 고귀한 가치임이 틀림없다.

타자가 익숙함에 적응해도,

타자가 소홀함에 외면한다 해도

나만큼은 절대 지쳐서는 안 되는 숭고한 끈기와 담대함이었다.

이 땅 위 가로등처럼 당신을 어떻게든 밝히겠단 시작의 노력
들은 흔하고도 널렸다. 그러나 단 하나의 해와 같은 존재가 자신
이 소멸하기 전까지 묵묵히 누구 곁을 지킨다는 건 어쩌면 하나
의 기적을 만난 건지도 모른다.

함께라서

주차를 하고 집으로 들어가는 길 아파트 놀이터. 아이들의 공간에서 한 노부부가 함께 그네를 타고 즐거이 시간을 보내고 있었다. 한참동안 행복하게 웃음 짓는 저 부부를 통해 어쩌면 사랑은 크고 특별한 행위가 아니라 일상의 작은 것들까지 공유하는 '함께라서' 특별해지는 것이 아닌지 생각해 본다.

이렇게 부부라는 이름에는 '함께'라는 결박이 아닌 '함께라서'라는 반려자의 의미가 부여된다. 그네는 기꺼이 그들의 타임머신이 되어 주었고, 소년과 소녀는 거침없이 발로 땅을 차며 높게, 더 높이 날아올랐다. 그때 그 시절을 만끽할 수 있는 '함께라서' 더없이 둘은 행복해 보였다.

나라는 소중함의
결정체를
완성시켜 주는 존재

만물의 영장이라는 인간도 분명 어리석은 존재임이 틀림없다. 다음 두 가지를 평생 반복하기 때문이다.

그토록 소중히 여기던 마음을 금방 망각한다는 것이고, 다른 하나는 그 소중한 것을 잃어야만 다시 상기한다는 것이다.

그래서 소중하다는 것은 매번 잃어야만 상기되는 슬픈 복선과도 같다. 분명 내게는 가장 소중한 것이 맞는데 시간이 지나면 곁에 남은 것이 별로 없다. 분명 집어들 때는 큰 자갈이었는데 시간이 지나면 모래처럼 빠져나간 수많은 소중함. 그런데 그중에서도 손가락의 링이 되어 절대 빠져나가지 않는 것이 있었다.

소중함은 내가 여기는 가치이고, 가치는 그 대상이 가진 중요성이다. 그리고 중요성은 보통 내가 가진 결핍에 의해 결정된다. 그러나 누군가는 결핍과 상관없이 맹목적으로 중요성을 갖는데,

자신이 소중하다고 믿기에 상대의 모든 결핍까지도 인정해 주는 사람들이다.

　평생 나란 소중함의 결정체를 완성시켜 주는 사람들. 변함없이 내 결핍을 인정하면서도 곁을 지켜주는 사람들. 우린 그들을 '가족'이라 부른다.

나의 이상형

1

"혹시 이상형이 있어요?"

"네."

"어떤 사람이요?"

"…"

한 여인을 안다. 20살 어린 소녀 같던 그녀에게 다가온 남자는 9살이나 많았다. 누구나 그랬듯이 처음에는 설렘이란 이성적 호감만큼 낯설기만 했던 그 남자는 그녀에게 기대와 두려움이 공존했다. 그러나 언제나 사랑은 정성 어린 구애의 노력으로 불안을 편안으로 진정시켜 갔고, 조금씩 그녀의 일상에서 그 남자의 존재감은 커져만 갔다.

분명 그 여인에게 연애는 모든 것이 처음이었기에 새롭고도 어려웠지만 함께 맞춰 갔다. 인간은 평생 가 보지 못한 곳을 두

려워하면서도 한 발짝씩 내딛는 행위 끝에 무엇이 있을지 호기
심을 피워 내는 신기한 동물과도 같다. 그렇게 둘은 서로 가 보지
못한 '상대'란 곳을 탐험하며 사랑이란 확신을 갖고 결혼을 했다.

남자는 여전히 여자에게 변함없이 누구보다 먼저가 되어 주었
고, 여자는 그런 남자에게 값진 사랑이란 보답을 게을리하지 않
았다. 매일 행복한 하루는 아니었지만 불행을 서로 나누고 행복
을 서로 기뻐하며 지내다 보니 어느덧 12년이란 시간이 흘렀다.

2

하루에도 셀 수 없이 많은 우연이 스쳐 지나가면서 불현듯 쳐
다보게 만드는 사람이 출현하기 마련이지만, 속으로라도 부디 내
게 말을 걸어 주면 좋겠다는 상대가 저벅저벅 걸어와 내 앞에 똑
바로 서서 말을 걸어 줄 리는 아쉽게도 만무하다. 나의 바람과 상
관없이 모든 인연은 예고 없이 부는 바람처럼 어느 날 갑자기 사
건이 되어 마주할 뿐이다.

대학생 때 나는 학비를 벌기 위해 마트 청과 코너에서 일을 했
고 마침 캐셔로 일하는 그 여인과 운명적으로 만났다. 어느 날 마
트 내 고객센터의 급한 호출을 받고 달려갔는데 그곳에서는 수
박의 절반을 먹고서는 맛이 없다며 변상을 요구하는 뻔뻔한 고
객과 그 컴플레인을 차분하게 들어주던 한 캐셔의 모습이 보였

다. 내가 직접 잘 처리하겠다며 결국 자비를 털어 새 것으로 교환해 줬는데, 그 억울함보다 모두가 불편하게 쳐다보는 그 정신 없는 상황에서도 그녀의 차분한 말투와 태연한 기색이 오랫동안 잊히질 않았다.

한때 마이크를 잡고 멘트를 하면 계산대 앞에서 계산하려던 아주머니들도 다시 물건을 사러 오게 할 만큼 성실하던 청과청년인 나에게도 곤란한 순간이 있었다. 한 아주머니가 다가와 맛있는 수박을 골라 달라는 부탁을 했고, 나름 신중히 하나 골라 드렸는데 보통 기대하던 "잘 먹을게요.", "고마워요."가 아닌 "정말 맛있어요?"라며 거듭 확인을 했다. 심통 가득한 얼굴과 앙칼진 목소리를 가진 바로 그 컴플레인 아주머니였다. 당황하며 "그럼요."란 말을 잇지 못하고 있을 때, "저 청년이 골라 준 수박 정말 맛있어요."라며 피로회복제 하나를 내게 건넨 의인이 있었는데 바로 그 캐셔 여인이었다.

그날 이후 우리는 시급 4,000원도 안 되는 금액으로 하루 10시간이 넘는 근무를 해야만 하는 고단함 속에서 피로회복제와 파지귤을 건네며 하루의 안부와 응원을 전하는 친누나와 남동생 같은 사이가 되었다.

3년 뒤 내가 잠시 호주로 떠나기 전에 누나는 한국 밥이 그리울 거라며 따뜻한 밥을 사 주었다. 나는 한국으로 돌아와서 가장 보고 싶던 누나에게 인사를 하러 갔지만 항상 누나가 서 있던 계산대에는 다른 분이 지키고 있었다. 복학 문제로 잠시 바쁜 사이에 일을 그만 둔 누나를 다시 볼 수 있었던 때는 6개월이 지난 어느 겨울이었다. 장을 보러 일했던 마트를 찾았을 때 마침 계산대에 익숙한 모습의 누나가 서 있었다.

진심으로 반가워 큰 소리로 아는 척하고 싶었지만, 예전처럼 생글한 얼굴과 활기찬 모습은 어디에서도 찾을 수 없었다. 그래도 나를 보자 그 특유의 밝은 미소는 여전히 남아 있었다.

"잘 지냈어?"

"응, 누나도 잘 지냈어?"

아무리 시간이 흘렀어도 어색하지 않게 어제 만난 듯이 서로의 안부부터 챙겨 주는 그런 사이였다. 친누나가 없던 내게, 남동생이 없던 누나에게 서로 여전히 반가운 존재처럼 말이다.

누나와 극적으로 조우하고 못 본 지 오래된 아쉬움으로 밥을 사 주겠다며 주말에 시간을 내 달라고 했다. 누나를 만나기 약속 전날 뜻밖의 이야기를 다른 캐셔분에게 듣게 되었다. 내가 호주로 떠난 지 얼마 안 되서 누나의 남편이 갑자기 뇌졸중으로 쓰러지셨고, 응급실로 바로 달려갔지만 사지를 움직이지 못하는 식물인간 상태 진단을 받았다는 것이다.

하루 만에 타인의 말은 들을 수 있지만 대화는 불가능했고, 생각은 할 수 있으나 온몸 어느 곳으로도 표현하지 못하는 환자가 되어 버린 것이다. 그리고 그때부터 누나의 삶은 급격하게 바뀌었다. 남편의 입에 이물질이 낄 때마다 호흡기를 수시로 갈아 주고, 가장 곤욕스러운 대소변 수발은 물론 본인보다 커다란 성인의 몸을 주기적으로 씻겨 줘야만 하는 다 큰 환자의 보호자이자 잠시도 자리를 비우기 힘든 간병인이 된 것이다.

당시 남편의 가족들은 '희망'의 불씨가 꺼질 듯하자 모두 그를 떠나갔고 오직 이 땅에서 의존할 수 있는 존재는 누나란 반려자 하나만 남아 버린 것이다. 오랜만에 저녁 식사를 마치고 누나는 동생인 내가 대학을 졸업하면 구두 하나를 꼭 사 주고 싶었다는 편지와 함께 돈이 담긴 봉투를 내 점퍼 주머니에 밀어 넣고 급히 버스 정류장으로 뛰어갔다.

누나와의 식사 중에도 끝까지 모른 체했지만 혼자 집으로 돌아오는 길에 그 편지를 읽고 억눌렸던 모든 감정을 배출할 길이 없어 차마 한 걸음도 내걷지 못하고 주저앉았다. 그리고 누구보다 성실하고 착하게 살기만 한 누나에게 가혹한 벌을 준 하늘을 저주했다.

3

그렇게 8년이 흘렀다. 누나는 본인의 소소한 행복이자 낙이던 자전거 타기와 등산을 거의 포기한 듯 보였다. 대신 낮에는 마트에서 일을 했고, 밤에는 남편 곁을 지켰다. 조금씩 아주 더디게 호전되고 있다고 들었지만 누나의 모습은 예전보다 더욱 지쳐 보였다. 누나의 가족들도 같이 죽기 싫으면 포기하라고 하지만 누나의 의지는 확고했다.

"나는 누나가 행복하면 좋겠어."

걱정스런 누나를 위해 건넨 말에 이어진 누나의 표정과 대답은 그 어느 때보다 결연했다.

"내가 힘들어 보인다고 해서 결코 행복하지 않은 건 아니야. 나한테는 가족도 있고 사랑하는 남편도 있지만 그 남자는 이 세상에 오직 나 혼자뿐이잖아. 사랑하면 지켜야지. 그게 사랑이지."

그때만큼 가슴 깊이 나 자신에게 부끄러움을 느낀 적이 없었다. '누구나 사랑을 시작할 수 있지만 사랑을 지킬 줄 아는 사람은 극히 드물다는 사실을 온몸으로 체험한 순간이었다.' 그때까지만 해도 이상형이 어떻게 되냐는 막연한 질문에 연예인 누구라고 말했던 철없던 나에게, 눈에 보이는 완벽함만이 높은 가치라고 믿었던 낭만성의 착각에 빠진 나에게 누나는 진심으로 '사랑의 가치'를 일깨워 주었다.

이상형은 그저 눈에 보이는 화려한 매력 같은 것이었고, 그 매력에 매번 흔들리는 나의 가벼운 마음은 언제든 실망으로 도망

칠 수 있는 비겁함이었다. 그러므로 이상형이란 단어는 누구와 시작을 위해 필요로 하는 것이 아닌 시간이 한참 지나 완성되는 모습일지도 모른다. 그렇기에 우리에게 필요한 건 이상형이란 막연한 존재를 바라며 기다리는 것이 아닌, 스스로 그런 존재가 되어 가는 다짐과 준비가 아닐까.

그때의 초연했던 누나의 모습을 바라보며 오직 나의 행복으로 관계의 의미를 찾던 연애가 아닌, 부부란 특별한 관계의 의미를 처음으로 숙고했다. 우리는 인생을 살아가면서 앞으로 어떤 최악의 상황이 벌어질지 예측하기 힘들지만 다행스럽게도 함께 헤쳐 나갈 상대만은 내가 직접 선택할 수 있다. 그렇기에 어디서 그리고 어떻게 사랑의 서약을 할지보다 무엇보다 중요한 건 "당신과 내가 어떤 마음으로 함께 임하는가?"이다.

그랬다. 사실 어떤 소중한 가치를 만들어 내는 사람은 쉽게 말하지도, 약속하지도 않는다. 그저 행동으로 보여 줌으로써 그 가치를 스스로 입증할 뿐이다.

"사랑을 지키는 유일함은 오직 사랑하는 사람의 곁을 지키는 것뿐이다."라고 말이다.

언제나 봄처럼
초록빛을 심는
마음으로

나이를 먹는다는 건 매일 챙겨 먹어야 할 영양제가 점점 늘어 난다는 것이다. 실로 그럴 것이 프로바이오틱스, 루테인, 비타민, 피로회복제 등 약만 먹어도 충분히 한 끼는 배부를 것 같은 하루 가 지나가고 있다.

곰곰이 생각해 보면 인간은 누구나 시간의 흐름에서 자유로울 수 없으며, 언젠가는 그토록 건강했던 몸도 조금씩 면역력이 떨 어지고, 탄탄했던 피부들도 주름지고 처지는 노년기를 맞는다. 피할 수 없는, 점차 늙고 병들어 가는 삶 속에서 죽음과 가까워 지는 두려움은 더욱 커지기 마련이다. 그러나 누구의 육체도 반 드시 무너져야만 한단 명백한 사실 속에서 마음까지 나약해지는 것은 아니었다.

몸은 때가 되면 붉게 물들고 언제라도 떨어져야만 하는 위태로운 낙엽 같은 운명을 갖고 태어났지만, 정신만큼은 우리가 봄처럼 초록빛을 심는 마음만 잃지 않는다면 짙은 푸름 향과 따스함을 유지할 수 있는 주체적 선택을 부여받았기 때문이다.

그렇게 겨울을 맞이하는 게 어떨까?

나를 잃지만 않는다면 아무리 어두운 곳에서도 길을 잃지 않고, 봄처럼 초록빛을 심는 마음만 잃지 않으면 푸름을 잃지 않는다고.

점점 짧아지는 해로 초조해하지 말고, 온 대지가 얼어붙더라도 가던 길을 멈추지 아니하고, 그 겨울을 초연하게 마주한 저 동백처럼 스스로를 지켜 나가면 된다고 말이다.

"하얀 눈보라 속에서도 동백은 자신의 붉음을 결코 잃지 않았다."

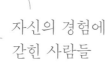

자신의 경험에
갇힌 사람들

매번 회의를 할 때마다 그의 입에선 이 말이 가장 먼저 나왔고 모두 고개 숙여 침묵했다. "우리 때는 말이야."란 말을 즐겨 쓰는 꼰대들은 자신의 틀림을 결코 인정하지 않는다는 특징을 가졌다는 사실을 깨닫지 못할 것이다. 그들에게는 그 무엇과도 견줄 수 없는 과거 경험이란 위대한 무기가 존재했으니 말이다.

당연히 경험은 없는 편보다는 있는 편이 삶이란 셀 수 없는 선택지 앞에서 큰 도움이 된다. 그러나 경험에 스스로 갇혔을 때는 문제가 달라진다. 철학자 비트겐슈타인은 심적인 이미지를 뜻하는 '관념'을 이렇게 표현했다.

"우리가 가진 이상(ideal)은 우리의 생각 속에 확고부동하게 자리 잡고 있다.…마치 코 위에 있는 안경과 같아서 우리는 무엇을 볼 때 그것을 통해서만 본다. 우리는 그것을 벗어 버리려는 생각은 결코 하지 않는다."

-비트겐슈타인, 『철학적 탐구』

쉽게 설명하면 누군가 '사과'라고 말하면 우리는 앞에 사과가 없더라도 '사과'란 이미지를 떠올리게 되는데 이것이 바로 관념이다. 만약 사과를 도화지에 스케치하고 색칠해 보라고 하면 어떨까? 아마 대부분의 사람은 비슷한 사과의 형태와 빨간색을 입히지 않을까? 이처럼 '사과는 무조건 빨개야 한다.'는 확고부동한 의식이 우리에게는 존재한다. 비트겐슈타인은 이런 갇힌 의식들을 안경이라 표현했으며, 절대 벗으려 하지 않는 고집을 유아론으로 설명한 것이다.

누구에게나 고집은 있지만 이처럼 자신의 생각에 갇혀 있는 의식 상태인 '유아론'을 말할 때 데카르트를 빼 놓을 수 없다. 그는 내 생각이 곧 존재를 말하며 그 이외에는 아무것도 확실하게 증명할 수 없다고 생각했다. 예를 들어 여동생 방 안에 봄이란 강아지가 자고 있지만 내 방에 있는 내가 보지 않았다면 강아지는 존재하지 않는 것이다. 직접 보았던 경험이 없으니 생각하지 않았고 존재 자체도 허구가 되어 버리는 이런 유아론적 판단을 내려 버린다.

그러면 대체 이런 유아론적 사유는 왜 생기는 것일까? 바로 '과거의 경험'에 대한 의존 때문이다. 내 앞에 문이 있고 열고 나가려 하지만 아무리 밀어 봐도 열리지 않던 이유는 '문은 무조건

밀어내야 한다.'라는 강력한 믿음이 있기 때문이다. 이처럼 직장 상사들 중에 꼰대가 많은 이유는 지금까지 밀기만 하면 열렸던 과거의 경험들이 확신을 만들었고, 이미 성공했던 경험들은 도저히 다른 새로움을 허용하지 않는 검은 안경이 되었기 때문이다.

그렇다면 이런 유아론을 극복할 수 있는 방법은 무엇일까?

그것은 꼰대의 특징인 틀림을 대하는 자세에 있다. 우선 자신이 가진 경험의 한계를 인정하는 태도 그리고 타인을 공감하는 능력이 필요하다. 우리의 경험은 직접적으로 보고 듣고 느끼고 행동했던 기억들이 의식으로 자리 잡게 된다. 하지만 만약 이 의식이 내 안에 갇혀 버리면 유아론이 되지만 이런 경험을 통해 타인의 감정과 상황을 이해하면 공감 능력으로 진화된다. 뛰어가던 아기가 넘어지면 우리가 넘어졌던 경험을 상기하듯이, 예측을 벗어난 후배의 답변과 기대에 못 미치는 답변들도 과거에 똑같이 미숙했던 나의 경험으로 돌아보는 공감이 필요하다.

이처럼 경험이란 문은 밖으로 나가지 못하도록 나를 막기도 하지만, 반면 밖과 소통하도록 다리가 되어 주기도 한다. 그래서 닫힌 문을 열고 나가기 위해서는 나의 경험을 말하기보다 타인의 이야기를 들어주는 경청이 중요하다. 그렇게 내 앞에 존재하는 오직 하나였던 문은 점차 늘어나서 넓은 세계로 확장되어 꼰대를 벗어나는 첫 걸음이 될 것이다.

진실은
사실들보다
중요하다

"남자친구가 지난밤 피곤해서 먼저 잔다고 통화를 했는데 그 날 밤 클럽에서 내 친구가 분명히 내 남자친구를 봤다고 했다."

나는 대체 누구 말을 믿어야 할까?

연인관계는 둘 중 하나가 다른 하나에 종속되는 것이 아닌, 둘이 독립적으로 결합되어 자율성이 보장되면서 안정감이 유지되는 특별한 관계이다. 물론 관계에서 '의심'이라는 단어가 존재하지 않을 청정한 조건에서 말이다. 의심은 내 마음이 둘로 나뉘는 상황이고, 이런 혼란스런 상황은 보통 믿음의 부족 때문이라 여기지만 사실 믿음보다 진실의 문제가 크다.

여기서 여자친구는 누구의 말을 믿어야 할지 고민이 생기고 마음이 둘로 나뉘는 '의심'이 일어난다. 만약 강력한 사랑의 힘으로 '나는 내 남자친구를 믿어.'라는 믿음을 선택한다면 그건 믿음이 아닌 진실을 차라리 가려 버리는 무비판적인 수용이다. 그러나 커플 간의 믿음은 이런 보이지 않는 것에 대한 믿음인 종교적 신념이 아니라 합리적인 의심 속에서 진실이 밝혀질 때 견실해지고 더욱 공고해진다.

이제 여자친구는 자신의 합리적인 의심을 통해 남자친구가 그날 진짜 잠을 잤는지 물어볼 것이고 그의 표정, 어조, 대화 내용에 귀를 기울일 것이다. 이때 이 의심을 잠재울 수 있는 것은 사실이 아닌 진실이다. 여기서 '사실'은 실제로 있었던 과거의 일이라면, '진실'은 거짓이 없는 사실이다. 이 둘의 차이는 거짓이란 인위적인 조작이 있는가다.

여자친구 입장에서 중요한 건 그가 지난밤에 무엇을 했는지가 중요한 게 아니라 '거짓 없이 내게 말해 주고 있는가.'다. 마치 이별을 통보한 그가 불치병에 걸렸다는 사실이 중요한 게 아니라 그가 병에 걸렸다는 이유로 자신에게 이별을 선고한 진실이 그녀에게 더 중요한 것처럼 말이다. 이처럼 사실은 나를 이해시킬 순 있겠지만 그저 이해로 그친다. 그의 진심인 진실을 알지 못한 이상 나에게 이해보다 확실한 마음인 확신까진 불가능하다. 반면 진실은 양심에 선언한 맹세와 같아서 사실 유무와 상관없이 상대를 안정시키며 인정하게 만든다. 특히 신뢰를 바탕으로 하는 관계에서 진실은 사실보다 큰 영향력을 발휘한다.

안타깝지만 의심이 없는 커플은 이 세상에 존재하지 않는다. 의심은 믿음이 아닌 위와 같은 진실의 문제이기 때문이다. 억지로 덮는다고 사라지지 않으며 차라리 정확히 알게 됨에 따라 가렸던 구름이 걷힐 때 해소된다. 그래서 지나치지만 않는다면 합리적인 의심은 오히려 이상한 것이 아니다. 그리고 그 의심을 해결하는 가장 좋은 방법은 진실에 가까운 앎을 서로에게 제공하는 것이다. 개인의 모든 속마음을 알리라는 의미가 아니다. 상대가 충분히 인정할 수 있도록 진실을 덮는 거짓만큼은 하지 말라는 것이다.

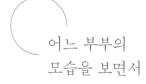

어느 부부의
모습을 보면서

오랜 결혼 생활을 해 온 어느 부부와 함께 살면서 정녕 부부란 어떤 관계일까 생각해 본 적이 있다.

서로의 모르던 사소한 습관까지도 발견하는 관계, 원치 않는 모습을 알면서도 최대한 이해하고 인정해 주는 관계, 기꺼이 사랑하는 상대를 위해 스스로 변화하려 노력하는 관계, 나만 생각하던 모습에서 서로의 인생에 성장과 생명력을 불어넣어 주는 관계, 둘 간의 주도권을 포기하고 절대적으로 필요한 파트너가 되어 주는 관계.

물론 이런 모습이면 얼마나 좋겠는가만…. 하루도 거르지 않고 서로에 대해 잔소리하고, 일을 맡기면서도 못미더워하며, 심지어 맛있게 먹는 모습조차도 꼴보기 싫고, 당장이라도 터질 듯한 기 싸움을 하다가도 남의 자식한테 맞고 들어온 자식을 보곤 금세 한편이 되어 맨발로 동시에 뛰어나가는 동지이자, 아침에 싸웠더라도 점심에 그가 좋아하는 반찬거리를 사서 저녁을 준비하는 온정의 대상이자, 아픈 상대의 손을 잡고 아픔을 함께 나누고 울어 줄 수 있는 삶의 동반자 관계. 곁에 있으면 꼴 보기 싫다가도 정작 곁에 없으면 앙상한 나무마냥 곁가지와 푸른 잎을 그리워하게 되는 뗄 수 없는 존재를 뜻하는 반.려.자였다.

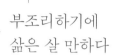

부조리하기에
삶은 살 만하다

우리는 살면서 수많은 '왜'라는 질문을 스스로에게 던지게 된다. 그중 '왜 살아야만 하는가?'란 가장 철학적이고도 위험한 질문과 마주할 때 알 수 없는 두려움 속에서 그동안 해 오던 모든 몸짓을 잠시 멈추게 된다. 즉 마땅히 그래야만 한다며 당위성을 부여한 나의 습관들로 채운 하루의 반복에 대한 반성이자 각성이다. 이때야말로 어쩌면 딱딱하게 굳어진 빵처럼 건조한 우리의 삶에 대한 식상함과 무용함을 이성적으로 깨달은 순간이 아닐까. 프랑스의 철학자 카뮈는 바로 이 순간이야말로 '삶은 살 만하지 못하다.'란 직접적인 부조리를 느끼는 순간이라고 설명했다.

"인간과 그의 삶, 배우와 무대 장치의 절연(絶緣), 이것이 다름 아닌 부조리의 감정이다."

-알베르 카뮈, 『시지프 신화』

그런 면에서 '내일'이란 단어는 참 희망적이면서도 절망적이다. 유난히도 가혹했던 하루를 이겨 내기 위한 '내일은 나아질 거란' 막연한 희망이기도 하고, 시간이 차오르는 나이란 굴레 속에서 '나도 곧 마흔이구나.'라는 이제는 얼마 남지 않은 시간의 인식과 두려움이기도 하다. 그렇기에 산다는 건 힘겨울 때마다 입버릇처럼 쏟아내는 "죽지 못해 살아간다. 그냥 견디는 거야."란 피동성은 아닐 것이다. 아마도 그런 삶은 비록 죽지 않았지만 겪지 못한 죽음이란 세계의 한복판을 거니는 허무함으로 가득 찬 삶과 같을 테니 말이다.

심장을 바삐 하고 온 마디의 근육을 사용해서라도 사자로부터 도망을 가야만 또 하루를 살 수 있는 얼룩말에겐 잡혀서 죽는 죽음과 가까스로 죽음을 피하는 삶 두 가지 선택밖에 존재하지 않는다. 하지만 우리는 그 어떤 동물도 부여받지 못한, 스스로 삶을 중단할 수 있는 선택도 가능하다. 신은 왜 우리에게 이런 막강한 권한을 부여했는지는 알 수 없지만 분명한 건 '삶은 그다지 살 만하지 않다.'는 부조리를 느끼면서도 우리가 살아가고 있다는 사실이다.

이처럼 우리가 살아가야만 하는 이유 속에는 어떤 본능적인 애착이 존재할 것이라 믿는데 개인적으로는 '존재의 의미'라 생각한다. 우린 태초의 숨을 깊게 들이쉬고 내뱉기 시작하면서 길면 길고 짧으면 짧은 이 삶 속에서 누구나 어떤 유의미한 의미를 찾기 위해 두 손을 길게 뻗고 온 땅을 더듬어 대는 존재가 된다. 그중에서 가장 본연적인 의미는 '존재'의 발견이다.

평생을 찾고 또 기다리던 그 존재는 내가 그에게 어떤 의미 있는 존재가 되어 주고, 또 누군가에게 의미 있는 존재가 되길 바라며 살아간다. 마치 김춘수 시인의 꽃처럼 그 전까지는 각자가 다른 모든 것과 같은 무의미한 하나의 몸짓에 지나지 않았지만 타자가 아닌 너라는 유일함이 나의 이름을 불러 줌으로써 전에 없던 의미를 부여했기 때문이다.

우린 주변에 사람이 없어서가 아닌, 나의 이름이 세상 어딘가에서 불려지지 않을 때 고립감을 느끼고, 내가 유일하던 존재에게 최선의 선택이 아닐 때 삶은 무의미해진다. 그렇게 존재감을 잃었을 때는 기존의 모든 습관이 멈춰 버리는 깊은 부조리를 느낀다.

이런 면에서 삶은 사랑과 너무 닮았다. 그토록 바라던 사랑이란 미온한 햇살의 따뜻함 속에서도 언제 밤이 되어 사라질지 모른다는 불안을 느끼듯, 삶 속에서 초연하게 살아가길 원하면서도 그 누구의 의미 있는 존재가 되지 못할 때의 부조리를 함께 느껴야만 하니 말이다. 그럼에도 우리는 변함없이 오늘을 맞이하며 사랑하고 또 살아갈 것이다.

이런 부조리는 인간의 숙명이며 그것을 인정하고 자각할 때 삶은 전보다 더 살 만해질 것이다. 매번 부조리는 오늘이란 소중한 가치를 경각시켰고, 내일은 보다 멋진 그림을 그리도록 종용시켰으니 말이다.

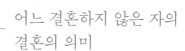

어느 결혼하지 않은 자의
결혼의 의미

"누구나 결혼을 할 수 있지만 결혼의 자격을 가진 사람은 분명 존재한다."

오직 각자의 상황과 신념에 의해 결혼을 선택하고 또 포기하는 시대다. 결혼을 원치 않는 사람과의 연애는 애초부터 많은 난항을 예고한다. 그렇지만 나는 아직까지 어떤 사람도 상대를 위해 결혼 없이 평생 사랑만 하겠다는 사람을 듣거나 보지 못했다.

그래서 결혼은 서로가 원하는 사람끼리만 가능한 이유가 되고, 또 결혼에서는 실질적인 나이가 아닌 영혼의 나이가 중요한지도 모른다. 만약 아내나 남편 중 한 명이 아이와 같은 영혼을 가지고 있다면 분명 상대방은 외롭고 쓸쓸하게 될 것이다. 마치 아이와 종일 붙어 있지만 함께 성장하지 못하고 지쳐 외로워하는 엄마의 마음처럼 말이다. 이것이 바로 연애는 되지만 결혼은 안 되는 사람들의 특징이다. 영혼이 어린 사람과의 사랑은 오직 자신만의 감정과 상황에만 집중하기 때문에 서로의 성장이 불가능하고 상대방에게 일방적으로 상처를 입힌다.

누구나 한 번쯤은 해 봤을 연애란 관계는 원초적인 사랑에 기대며 언제든 떠날 준비를 하는 가벼움과 다르지 않다. 마치 요동치는 감정의 변덕에 쉽게 끝내 버리는 유아적 단계의 사랑처럼 말이다. 반면 결혼은 단순히 상대를 사랑한다는 선언 그 이상의 공동 관계를 형성해야 하는 모험의 시작이다. 나라는 불완전한 사람을 인정해 줄 너란 소중함을 만나 가장 가까이에서 타인을 깊이 이해할 기회를 수락받고 평생 개인만의 사고방식으로 살아 온 한계를 극복할 수 있는 유일한 기회이다. 그래서 결혼은 긴장과 갈등이 공존하지만 천천히 서로가 함께 성장하도록 기회를 제공하기도 한다.

둘은 부부라는 이름으로 기존과는 다른 사랑을 배워 가며 새로운 행복을 지어 가고 상대에 대한 이해와 존경을 함께 구축하기 위해 노력한다. 그리고 각자의 역할을 통해 책임이란 비장함을 유지한 채 이 세상에 단 하나뿐인 부부라는 공동체 관계를 형성하는 것이다. 마치 최초에는 각자의 몸을 가졌지만, 서로 맞닿은 부분부터 오랜 시간이 지남에 따라 결은 물론 세포까지 하나로 합일되는 '연리지나무'처럼 말이다.

중요한 건 이 두 나무가 하나로 합일됨으로써 각자의 성질을 잃어버리는 것이 아니라 서로가 가진 특성은 그대로 유지한다는 놀라운 사실이다. 서로가 성장할 수 있는 사랑은 이처럼 몸과 정신이 합일되는 순간이기도 하며 각자의 존재를 인정하며 소유하려 하지 않을 때다. 물론 홀로일 때보다 안정적으로 하늘을 향해 높이 뻗어 자랄 수 있게 된다.

연리지나무가 곁이란 공간 내에서 비바람에 부딪치고 눈보라에 스치면서 서로를 부대끼며 엉킨 모습을 보고 있자면 저 앞에 주름진 손을 맞잡고 서로의 발걸음에 맞춰 천천히 같은 방향으로 걸어가는 노부부의 뒷모습과 크게 다르지 않았다.

잠들기 전

밤은 하루를 정리하는 순간이자 누군가 막연히 떠오르는 때이기도 하다. 잠들기 전 모처럼 핸드폰에 있는 카톡 친구들 프로필을 훑어보다가 결혼한 부부들의 공통점을 발견했다. 그들은 아기 또는 아이와 함께 찍은 사진으로 가족이라는 공동체의 행복한 순간들을 고정시켜 놓았다는 점이다. 아이가 점차 성장하는 모습들을 담아 놓으며 삶의 방향과 목적이 분명했다. 비록 프로필이라는 표면적 흔적일지라도 그들은 꾸준히 그 행복을 지키고 살려는 의지가 분명한 듯 보였다.

반면 대부분의 싱글은 자신들의 현재 감정을 드러내기 바빠 보였다. 아름다운 배경과 보기 좋은 음식 그리고 자신의 셀카 사진들로 가득 메웠지만 정작 그것들은 오래가지 못했고 SNS에 돌아다니는 위로글로 자신의 하루가 부디 안녕하길 바랐다.

그들은 연인과 다투면 자신의 사진을 금세 없애 항의하고, 헤어지면 프로필 사진을 바로 삭제하는 식으로 자신의 삶에서 벌어진 틈새의 감정들인 기쁨, 슬픔, 외로움을 수시로 알리기 바빠 보였다. 신경조차도 쓰지 않을 타인들에게 열심히 '여기 나 있어요.'라며 들리지 않는 소리를 공허하게 외치듯이.

그 중심에는 누군가의 관심과 위안을 얻고 싶어 하는 짙은 '외로움'과 불확실한 미래에 대한 '불안'이 여실히 드러나 있었다. 인간이 평생 이루고 싶어 하는 일관성과 안정성을 끝내 갖지 못해 흔들리고 비틀거리는 모습이 그대로 투영된 것이다.

물론 단순히 혼자라서가 아니라 혼자라고 지독하게 느껴서이다. 자연스레 흘려보내지 못하기에 오늘 밤만은 회피하고자 분주한 것이다. 잠 못 이루는 밤에 하필 자신의 처연한 감정과 가까이 마주했기 때문이다.

비를 대하는 자세

　믿음의 반대는 불신이고 불신의 근원은 '불안'이다. 모든 인간이 평생 '불안'에서 벗어날 수 없는 이유는 바로 불안이 미래에 대한 불확실성에서 연유하기 때문이다.

　만약 당신이 누군가를 믿지 못하는 불신이란 불편함을 가지고 있다면 아마도 상대방이 지속적으로 미래에 대한 불확실성을 당신에게 심어 주거나, 또는 당신 스스로 둘의 미래에 대해 긍정보다는 부정으로 바라보기 때문이다. 불신의 근원인 불안이란 것은 내가 들여다보면 볼수록 돋보기처럼 점점 커 보이기 마련이다. 절대 해결할 수 없다는 걸 알면서도 지칠 때까지 제자리만 맴도는 걱정처럼 말이다. 이처럼 근거 없는 실연(失戀)의 근심으로부터 당신의 불안감을 깊게 잠재워 현재의 믿음에 조금 더 집중해야 한다.

'믿다'란 한국어를 영어인 'believe'로 분해해 보면 'be'와 'lieve'란 단어로 나뉜다. 이 둘의 근원적인 뜻을 파악해 보면, 'be'는 '존재나 상태'를 뜻하고, 'lieve'는 보통 'life(살다)'란 의미로 말하기도 하지만 개인적으로 lever(레버)의 'lieve' 즉 지렛대처럼 '가벼운'이란 의미가 적합하다고 생각한다. 즉 '믿음'이란 어떤 가벼운 존재 또는 상태를 말하며 아무것도 가지지 않은 상태가 아니라 스스로 필요 없는 것들을 비워 낼 줄 아는 가벼운 존재가 되는 것을 말한다.

당신이 아무리 열심히 불안하고 고민하더라도 내가 원치 않던 예측은 꼭 현실이 되어 마주하게 된다. 먹구름은 반드시 비를 내려야 하고, 번개가 친 다음에는 천둥이 반드시 울리듯이 말이다. 우리는 언제 내릴지 모르는 비를 두려워하지 말고 비 때문에 포기했던 모든 것을 두려워해야만 한다. 비를 두려워하는 당신이 할 수 있는 유일함은 맑은 날을 만끽하며 미리 우산을 챙기는 일뿐이다.

"우리가 언제 급작스런 소나기에 옷이 젖는 것이 두려워 쾌청한 날을 포기했던가."

곁을 지키는 가치

창공에서 자유를 만끽하는 저 바닷새가 간절히 내민 당신의 손 위에 살포시 앉을 수 있었던 가장 큰 이유는 무엇일까? 아마도 다른 존재들과는 다르게 당신만큼은 자신을 포획하지 않을 것이란 확고한 믿음이 있었기에 가능했다.

이런 확신은 바닷새에게는 생존과 직결된 강단 있는 결정이었을 것이다. 얼마든지 더 화려하고 아름다운 것을 선택할 기회들을 마땅히 포기할 용기다. 그렇기에 오랫동안 누군가의 곁에 머무른다는 건 숭고한 가치가 있다. 단지 많은 것을 보고 호기심을 채워 놓는 것이 아닌, 아무도 다가가지 못한 깊은 곳까지 손닿아 보는 것. 한정 짓지 않겠다는 열린 개방성이다.

언제라도 떠날 수 있는 존재였기에 함께 지난 시간만으로도 곁을 지킨다는 건 소중한 가치를 갖게 된다. 누구나 보게 되는 최고의 모습이 아닌, 아무나 볼 수 없던 나의 최악의 모습까지도 이해해 주었기에 충분히 고마운 존재가 된다.

듣는 사람의
판단보다
말해 주는 사람의
상세함

호주에 잠시 있었을 때 생소한 문장을 들은 적이 있다. "Not too bad." 한국어로 직역하면 "그다지 나쁘지 않아."였다. 잠시 혼란스러웠다. 그의 기분은 좋다는 건가, 아니면 나쁘다는 건가?

한국에서 "나는 행복하지 않아."라는 말을 상대에게 하면, 상대는 내가 기분이 좋지 않다고 판단해서 기존과 다르게 조심스런 반응을 보인다. 그런데 행복하지 않다고 해서 불행하거나 우울하다는 의미는 아니다. 단지 행복하지 않을 뿐이다. 인간의 감정은 좋음과 나쁨 두 가지가 아닌데 상대방이 판단하는 상황은 오직 이 두 가지로 나뉜다.

그도 그럴 것이 한국 인사법에는 "So-so.", "Not too bad."처럼 평정의 감정을 담은 답변이 없다. 우선 이런 확실하지 않은 답변 자체를 상대가 좋아하지 않을뿐더러 부정적인 답변과 마찬가지로 여겨 버릴까 미리 우려한다. 심지어 진짜 자신의 감정을 감추기 어려울 때조차도 나의 기분 상태로 상대의 기분까지 망칠수 없단 배려로 "괜찮아요." 같은 긍정의 표현으로 마무리해 버린다. 소위 "좋아요.", "괜찮아요."란 답변이 일관될 때 상대는 비로소 안심한다.

이렇게 지극히도 상대방의 마음까지 고려하는 언어 표현법을 가진 탓에 때때로 표정이 감정을 대변하지 못하고, 언어가 느낌을 전달하지 못할 때가 종종 발생한다. 내가 느끼는 감정과 느낌조차도 스스로 확신하기 힘든 상황에서 상대에게 알려 준다는건 분명 한계가 있기 마련이다.

특히 작은 것에도 의미를 부여하는 사랑하는 사이에서는 듣는사람의 판단보다 말해 주는 사람의 상세함이 더욱 중요하다. 물론 개인마다 상황과 반응에 따른 센스인 눈치의 능력차는 존재하기 마련이지만 미리 알아주길 바랐다는 기대만큼 상대를 곤란하게 만드는 것도 없다. 그렇지 않은가. 평생을 함께 살아 온 가족조차도 자세히 말해 주기 전까지는 오직 나의 감정 상태를 '좋다', '나쁘다' 둘로 나눌 뿐이다. 그리고 '나쁘다' 뒤에는 눈치껏각자의 방으로 들어가 줄 뿐이다.

감정은 무엇보다 나에게 솔직하고, 이해는 서로에게 얼마나솔직한가로 결정된다. 비록 감정이 아주 주관적일지라도 그것을전달하는 표현만큼은 말하는 사람, 즉 나의 의지 문제였다.

얼룩 기대

처음 두 사람의 만남은 서로에게 진솔하지만 분명히 거리감은 유지된다. 그러다가 커플이란 관계로 발전하게 되면 점차 자신이 상대에게 기대하는 커플의 관계로 규정한다. 자발적으로 서로의 자유를 용인하던 시각에서 점차 서로의 환경을 통제하고자 하며, 그 모든 시작점은 바로 내가 바라보고 싶은 시선이다.

우리는 보통 본인의 과거 속 연애 경험과, 만약 첫 연애라면 끊임없이 타인 즉 다른 커플로 시선을 돌리며 비교한다. 매번 비극적인 연애의 공통점은 보통 본인들의 처지보다 못한 사람들보다 나은 사람들에게 초점을 맞춘다는 사실이다. 점차 자신들의 주변에 있는 행복한 커플들을 보며 그들을 사회적 기준으로 삼고 '그래. 이 정도는 맞춰 줘야지.'라며 자신의 통제 수준을 높인다.

친구의 차가 있는 남자친구, 친구의 늘씬한 여자친구, 이렇게 서로가 기대하는 기준으로 변화를 요구하고 노골적이지 않더라도 서로가 맞춰 주길 원한다. "3킬로만 빼면 더 예쁠 거야.", "내 친구 생일에 남자친구가 명품 백을 사 주었더라고…." 물론 자신은 그렇지 않다고 하겠지만 이미 우리 머릿속에는 원하는 커플 상이 존재하고, 숙고해 보면 그 모습들은 모두 내가 기대하는 환상 속의 커플 모습이다.

여기서 환상의 커플이란 '얼룩 기대'와 같다. 예를 들어 여자친구에게 "3킬로만 빼면 예쁠 거야."라고 말한 남자친구의 저의는 무엇일까? 철학자 슬라보예 지젝의 표현대로라면 '3킬로를 빼면 너도 남들처럼 평범한 미인이 될 수 있어.'란 말과 같다. 3킬로 빠진 여자친구의 모습은 오직 남자친구가 막연히 상상하는 아름다움의 조건으로 마치 거울에 묻은 얼룩일 뿐이다. 저 얼룩만 지우면 완벽해질 거라는 모두가 가진 착각처럼 말이다.

여기서 중요한 건 거울은 단지 우리가 바라보는 착각의 시선을 시각화할 뿐이다. 그 거울에 얼마나 많은 얼룩이 있고, 그 얼룩을 빡빡 문질러 지운다고 하더라도 실체인 상대가 가진 원래의 아름다움은 결코 변함이 없다.

어느 날 내 입에서 "네가 ~한다면"이란 가정이 나오기 시작하면 조심해야 한다. 상대를 그대로 좋아했던 초심이 나의 기대로 얼룩지고 있다는 슬픈 경고일지 모른다.

친구라는
이름의
변천사

20대 전까지의 친구는 공간적 친구다. 동네 그리고 같은 학교, 같은 반이라는 제한된 공간 내에서 함께 어울리는 친구. '하루 10시간 똑같은 교과서를 펴고 서로를 격려했던 하루란 일상이 너무나도 똑같았던 친구.

대학 시절의 친구는 관심의 친구다. 공간적 울타리는 확장되었지만 목장의 소처럼 멀리 나아가지 못하고 여전히 같은 학교, 같은 과란 틀 안에서 친구가 만들어진다. 그러나 한 가지 달라진 점이 있다면 그전보다 많은 사람을 접하고 그 안에서 나의 관심과 동일한 사람들과 친구가 된다. 바로 동아리다.

사회인이 되면 친구는 인맥이다. 공간에 제약 없이, 나이에 제한 없이 누구나 관계 맺기가 가능해지지만 그 관계란 서로의 필요 관계로 체결된다. 내가 좋은 사람인 것보다 그 사람에게 내가 필요한 사람인지가 중요하게 되고, 한두 번 본 사이거나 몇 분 만에 친구가 되기도 하고, 시간에 상관없이 다신 못 보는 남이 되기도 한다.

누구나 한때는 필요한 걸 도와주면서 친구가 되고 친구가 세상에서 모든 것이라 여기는 낭만파였지만. 어느덧 작은 부탁과 서운함으로 잘라 버리거나 필요에 의한 관계만 친구로 유지하는 현실파가 되어 버린다. 그렇게 친구란 이름은 시간과 상황에 따라 변천되어 진정한 우정은 꼭 갖고 싶다는 하나의 추상적 개념이 되어 버린다.

아무리 친했던 친구도 눈에서 멀어지면 결국 마음에만 담긴 친구가 되고, 가장 오래된 친구란 의미도 그저 오래전 내 모습을 기억하는 친구일 뿐이다.

이처럼 시간이 흐를수록 친구는 분명 늘어났지만 전보다 공허함은 짙어지고, 전처럼 친구라는 이름에게 나의 모든 것을 알리기는 점점 꺼려진다.

이제라도 목적을 두고 만나는 인맥과 목적 없이도 만날 수 있는 친구를 구분하고, '언제 밥 한 번 먹자.'는 네트워킹과 최소한 함께했던 추억을 간직해 준 친구를 가려내고, 얼마든지 만들어 낼 수 있는 친분이 아닌 누구로도 대체할 수 없는 진정한 친구만을 지켜야 한다.

나를 스쳐간 그 수많은 사람이 아니라 나와 맘이 맞는 오직 한 명이면 족하다. 어느 날 끝이 보이지 않는 큰 방에 갇혔더라도 이곳이라며 방문을 열어 줄 한 사람이면 세상은 충분히 숨 쉴 만할 테니.

우리는
질문하는 여행을 위해
이 별에 왔다

　몇 번의 멕시칸 음식을 국내에서 먹어 봤지만 우연히 멕시코에 가서 그토록 고대하던 현지 음식을 먹으며 경험이 가지는 특별한 힘을 느끼게 되었다. 인간은 언제나 경험이란 인식의 과정이 없으면 누군가 가공해 놓은 사실과 이야기에 의지하기 마련이다.

　멕시칸풍 음악을 틀어 놓고, 실내 장식을 그럴 듯하게 꾸민 곳에서, 메뉴판의 사진과 비슷해 보이는 음식들이 나오면 우린 그저 그 맛의 경험을 통해 '멕시칸 음식은 이렇구나.'라며 믿게 된다. 그러나 기존의 가상 경험과 달리 새로 접한 실제적 체험은 우리가 지금까지 살아가면서 보고 들은 대부분의 진짜라 믿었던 것들을 의심하게 만든다. 내가 직접 만지고, 맛보고, 느낀 본능적인 체험 없이는 진짜가 아닌 허상일지도 모른다고 말이다.

　이렇게 우린 평생 TV와 같은 다양한 매체와 누군가의 이야기

그리고 막연한 공상들이 어우러진 허상의 삶을 살아가면서 '언젠가', '나중에'라는 기약 없는 죽음의 말로 '현재'를 소비하다가 후회와 함께 끝내 점점 멀어지는 자신의 젊었던 그때를 추억 삼아 씁쓸함을 달래곤 한다.

생각해 보면 인간은 개와 고양이와 다르게 정신의 행복을 평생 추구하는 유일한 존재다. 여기서 정신적 행복은 나의 세계, 즉 경험을 확장시키는 주체적 행위자일 때만 가능하다. 누군가에게 이끌려 나가게 되는 것이 아닌, 직접 나아가는 행위자의 모습은 본능적 쾌락 그 이상의 깊은 여운이 되어 행복 경험으로 축적되는데 이게 바로 여행의 목적이다. 개와 고양이에게는 주인에 의한 산책만 존재하기에 '여행'이란 주체적 행위는 오직 인간만이 가능하다. (고국을 잃은 난민이나 길냥이, 유기견처럼 생존을 위해 떠돌아야 하는 것과는 다른 개념이다.)

특히 내가 직접 던진 질문의 경험은 그때 보고 느낀 어떤 1차원적 감정으로 그치는 것이 아니라 행동을 통해 얻은 결과이자 기존에 묵은 경험들에 대한 반성을 포함한다. 우린 대부분 상황이라는 원치 않은 경험들을 당하며 살아가지만 꿈틀거리는 호기심을 확인하기 위해 직접 내디딘 여행은 기대하지 않은 선물을 주곤 한다.

내가 알지 못하는 것을 인정하게 되고,

그렇게 인정한 것을 반드시 알아 가게 되며,

알던 것을 다시 의심하게 한다.

이처럼 한 인간으로 살아가면서 당연히 겪게 될 경험들보다 중요한 건 스스로 질문을 잊지 않는 것이다. 우리는 질문할 때 가장 인간적인 모습으로 경험들과 마주하고 오랫동안 인식하게 된다. 단순히 멕시칸 음식을 먹고 소화시키는 1차적 행위가 아니라 그때의 모든 풍경을 오랫동안 상기하듯 말한다.

지금 어디에 있고, 무엇을 먹었으며, 무슨 대화를 나누었는지 그리고 왜 그들은 타지의 이방인들에게 행복한 웃음을 건네었으며, 우리는 평소에 짓지 못한 미소를 함께 짓고 있었는가 하는 놀라움처럼 말이다.

분명한 건 우리는 그저 받아들이는 경험이 아닌, 질문하는 여행을 위해 이 별에 왔다는 사실이다. 작은 변화를 갖기 위해 떠난 한 발자국은 단순히 아름다운 풍경이 담긴 사진 속 한 장면이 아닌, 그날 모든 풍경 속에 나란 사람의 체온을 채우는 진정한 삶일 것이다.

남자 1호

　태어남과 동시에 생년월일 다음 '1'로 시작된 남자 1호는, 무더운 날 웃통을 벗고 운동장에서 축구를 하던 남자 1호는, 태권도 겨루기에서 여자에게만큼은 지면 안 된다던 남자 1호는, 술자리에서 여성을 안주 삼아 말하는 친구들이 너무나도 익숙했던 남자 1호는, 깊은 욕망의 색깔보다 '남자'란 인정이 무엇보다 먼저였다.

　남자들의 세계는 동물의 세계와 크게 다르지 않다. 먼저 태어난 형이란 존재는 동생보다 강한 남자고, 학창 시절 싸움 잘하는 애들에게 일찍이 복종을 배우며, 군대에서는 원하지 않아도 계급을 부여받고 순종이 낯설지 않게 되고, 사회에 나와서도 그 계급의 중요성을 평생 잊지 못하고 살아간다.

　결혼을 한 남자는 자신이 살았던 가정에서 본 그대로 답습했고 아버지처럼 가부장이란 권력을 얻는 대신 자연스레 경제적 부담을 지길 택한다. 그러나 이 알량한 권력의 칼 이면에는 놓지 말아야 한다는 두려움과 홀로라는 외로움이 있고 결국 기반인 경제력을 잃어버리면 초라하게 버려지는 독 묻은 사과임을 뒤늦게 깨닫는다.

그가 지킨 것은 가족이 아닌 가부장이란 신이었다. 가족 구성원의 행복과 정작 본인의 행복까지도 포기한 채 오직 가부장이란 보이지 않은 신의 인정만을 지키기 위해 살아간다. 남자 1호는 그렇게 평생 '남자답게', '남자처럼', '남자이기 때문에'로 길들여지고 성실하게 수행하다가 누구보다 외롭게 현세의 불행한 삶을 마친다.

충분한 위로는
어렵고도 불가능하다

"나 여자친구랑 헤어졌어."라고 말하는 친구의 불행을 우리는 "어쩌다가…."라며 걱정해 준다.

우리는 각자의 세계를 만들어 가는 작가들이며, 나의 세계에서 '여자친구와 이별'이란 페이지가 없다면 오직 소설처럼 상상으로 그려야만 한다. 만약 그 페이지가 존재하더라도 오랜 기억에 바래 "슬프고 힘들었다."란 한 문장으로 채워진 사람은 모른다. 이별의 아픔으로 책 한 권을 통째로 써 내려가는 그 친구의 불행을 말이다.

그래서 누군가를 충분히 위로한다는 건 어렵고도 애초부터 불가능한 건지도 모른다.

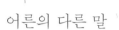

어른의 다른 말

어릴 때는 빨리 어른이 되고 싶어서 그들의 행동을 모방한 적도 있었다. 아빠가 자리를 비운 사이 구두를 신고 넥타이를 매고 서류 가방을 들어보기도 했듯이 말이다.

무엇이든 할 수 있는 선택의 자유를 가진 어른이 마냥 부러웠고, 그 선택의 결과에 끝까지 책임질 줄 아는 사람이 돼야 한단 걸 뒤늦게 알게 되었다.

인생은 선택의 연속이었고 내가 결정한 선택의 결과가 옳든 아니든 조금씩 나의 미래를 만들어 간다는 사실도 점차 인정할 수밖에 없었다.

시간이 지날수록 선택의 책임은 커져만 가고 그럴 때마다 걱정과 고민이란 것을 하게 되었다. 그리고 보통 답이 없는 걸 홀로 안고 살아가는 것을 걱정이라 하며 진지하게 생각해 보는 걸 고민이라 부른단 걸 깨닫게 되었다.

숲길을 가다 보면 쉽게 찾을 수 있던 저 돌탑들의 수많은 기도처럼 시간이 지날수록 어른들은 자기만의 고민을 쌓아 올리는 데 탁월해지는데.

이상하리만큼 돌아서면 배고팠던 시절이 있었고, 남에게 물려받은 옷들도 서슴없이 입고 다녔던 적이 있었는데, 분명 그때보다 삶은 나아졌지만 그렇다고 해서 그때보다 행복해진 느낌은 결코 아니었다.

동네 친구들과 학교 친구들 그리고 사회에서 아는 사람들까지 많은 사람을 알게 되었지만 타인과의 관계 맺기는 점점 어려웠고, 어른이 되면 모든 문제의 답을 단번에 알아 낼 것 같았는데, 홀로 추락하는 운석처럼 불안은 여전히 붉게 타오르고 있었다.

어른이 되면 옳은 방향으로 가고 있다는 분명한 확신이 생길 줄 알았는데, 저 반짝이는 별이 아닌 어두운 밤만 바라보게 되는 '외로운 비관자'가 되어 가고 있었다.

어느 가을날

가을이 깊어지자
나무의 푸른 잎사귀들이 노랗고 불긋불긋 변한다.

주름이 깊어지자
내 검은 머리카락 속 하얀 새치가 희끗희끗하다.

분명 우린 같은 봄을 곧 마중 나갈 텐데.
다시 초록으로 젊어질 저 나무가 마냥 부럽구나.

우리네

아마 우리네 사랑은 해처럼 눈부셨던 순간보다
건네준 작은 손난로 하나가 더 오래 기억되고

아마 우리네 인생은 달처럼 커다란 것보다
내 곁의 작은 랜턴 불빛 하나가 더 간절한지도 모르고

아마 우리네 행복은 숲처럼 빽빽이 우거진 것보다
척박한 돌 틈 사이에서 꽃 한 송이 같은 반가움을 발견하는 것
인지도 모른다.

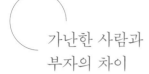

가난한 사람과
부자의 차이

가난한 사람과 부자의 차이는 나를 대하는 차이다.

가난한 사람들은 갖고 있지 않기에 소외되었다고 생각하며,
부자들은 갖고 있기에 노력만 하면 성취할 수 있다고 확신한다.

가난한 사람들은 경쟁력으로 자신의 패배와 실망을 인정하는
데 익숙하며, 부자들은 경쟁력과 상관없이 있는 그대로를 긍정하
는 데 탁월하다.

가난한 사람들은 혹여 할 수 없다면 포기하는 스스로를 부끄
러워하지만, 부자들은 설사 내가 실패하더라도 스스로 사랑하는
법을 잊지 않는다.

여기서 문제는 가난한 사람과 부자를 나누는 그것이 대체 무

엇인가에 대한 물음이다. 그에 대한 대답은 바로 '자존감'이다. 주변에는 돈은 많지만 자신을 잃은 가짜 부자도 존재하며, 비록 넉넉하진 않지만 자신을 존중하고 사랑하는, 마음으로 부자인 사람이 존재한다.

삶의 굴곡은 변화무쌍하고 다가올 상황은 언제든 예측을 벗어났지만 자신만큼은 잃지 않을 때 누구나 가난하지 않을 수 있고 또 부자가 되기도 한다. 무엇보다 중요한 건 누구에게나 소중했던 그 자존감을 한때 얼마나 큰 걸 갖고 있었는지가 아니라 여전히 지키고 있는가였다. 마치 땅 위에 떨어진 거액의 돈을 주운 불안감처럼 언제라도 박탈되어도 이상하지 않을 비교 우위에 선 자신감이 아니라 자신의 약점까지도 솔직히 승인하고 포용하는 자존감은 누군가의 수업과 배움이 아니라 오직 스스로에 대한 관심과 존중을 필요로 했다.

자존감 충만한 부자들은 어떤 상황에서도 '그는 그, 나는 나'라는 객관적인 인정 속에서 오직 자신만의 생각과 모습에 집중하려는 태도를 잊지 않았으니 말이다. 그러니 우린 이제라도 남과 비교하거나 닮아 가기 위해 소비하는 감정과 시간들을 아까워해야만 한다.

대화 1

친구는 굉장히 심각한 표정으로 말했다.

"다시 태어난다면 인생을 지금보다 잘 살 수 있을 것 같아."

듣고 있던 나는 대답했다.

"어쩌면 이런 생각을 예전 삶에서도 하지 않았을까?"

대화 2

여자친구랑 다툰 듯 격양된 말투로 친구는 물었다.

"사람은 고쳐 쓰는 것 아니라는데, 그럼 애초부터 포기를 해야 한단 거지?"

잠시 그가 진정하길 기다린 후 나는 대답했다.

"그 누구도 자신이 누군가에 의해 고쳐지는 걸 원치 않아. 심지어 사랑하는 사람이라도."

친구는 다시 물었다.
"매번 말을 해 줘야만 아는데 어떻게 해?"

나는 다시 대답했다.

"애초에 말을 해 줘야만 아는 사람인 걸 알고도 시작했잖아. 바꾸려 하지 말고 스스로 바뀌길 기다려야지. 아마 상대는 천천히 기다려 주던 너의 첫 모습을 기대할 텐데…."

별도 두려운 건
마찬가지였다

한 인간이 가진 '불안'이란 애증의 감정은 마치 저 깊은 밤에 흐느끼는 별의 두려움과도 같았다.

대부분의 별은 아쉽게도 탄생될 때부터 스스로 빛을 내는 법을 배우지 못하고 오직 밤이라는 차가운 공기들에 둘러싸였을 때 비로소 그 밝음이 또렷해진다는 것을 깨닫는다.

밤은 그대로의 밤이지만, 별은 밤 없이 존재하지 못하는 그림자였다.

어느 날 밤은 유난히 칠흑같이 깊고 어두웠는데 별은 사르르 녹아 빛을 잃어 가고 있었다.

마침내 원석에서 떨어져 나온 티끌은 슬픈 별똥별이 되었고,

처음이자 마지막으로 밤과 상관없이 가장 밝은 빛을 내며 사라졌다.

이처럼 '불안'이란 떨림은 온 세상에 어두운 밤이 가득 덮였기 때문이 아니라 스스로 빛을 내는 능력을 잠시 상실했다고 확신할 때 차지하는 한때의 연약함이었을지도 모른다.

인간의 선과 악

살다 보면 원치 않더라도 한 번쯤은 악마의 탈을 쓴 사람을 마주한다. 꼭 범죄자가 아니더라도 군대나 회사처럼 불특정 다수가 모인 곳에는 어김없이 존재하는 인간의 탈을 쓴 악마이다. 그들의 상스런 단어 선택과 거친 말투, 배려 없는 행동들을 보자니 과연 한 인간이 가진 존재의 색깔은 흰색과 검정처럼 선명하고, 선과 악처럼 대치되어 구분될 수도 있을까란 생각이 들었다.

만약 그런 것이라면 선과 악이 마치 어떤 씨앗으로 그러한 꽃을 피워야만 하는 생의 숙명을 품어야 한다는 뜻과도 같다. 그러나 태초부터 부여된 인간의 본성은 한 인격체가 자립하기 전까지, 아니 땅을 뚫고 줄기를 세우고 꽃을 피우기 전까지 어떤 색이고 얼마만큼 성장할지 그 누구도 알 수 없다. 다만 그 꽃을 바라보며 느끼는 우리의 감정들만큼 다양하게 그 사람을 지켜봐야 했지만 지극히 주관적으로 규정하고 구분하며 평가내릴 뿐이다.

보통 우리가 말하는 선은 그가 진짜 선이어서보다는 보편적으로 누구나 이루어 내기 힘든 가치에 부합하기 때문이며, 악은 누구나 쉽게 빠져들 본능적 행위란 불편함에, 즉 우리가 만든 도덕적 기준에 부적합하다며 낮은 점수로 채점을 매긴 것뿐이다. 해서 한 인간의 선과 악은 모두 타인이란 판사들에 의해 정의되고 심판받게 된다.

'저 사람이 처음부터 저런 사람이 아니었을 텐데….'라며 잠시 묻곤 한다.

"그럼 왜 인간은 악해지는가?"

그 답은 인간이란 본연의 씨앗이 아닌 땅과 바람 그리고 햇빛에 달려 있지 않을까?

아장아장 기어 다니는 아기가 과연 악의 태동인 분노를 알까? 생존과 본능에 충실하게 살아가는 육식 동물들은 과연 초식 동물을 죽일 때 어떤 죄책감이 들었을까?

개인적으로 추측컨대, 인간은 모두 선으로 태어났을 것이다. 다만 그중에서 아직도 선을 유지하는 사람들은 그들이 철저히 선을 지켜서가 아닐지도 모른다. 아직 그들이 악해져야만 생존할 수 있는 땅의 차가움과 바람의 거침과 해의 뜨거움을 만나지 못했을 뿐이다. 존재는 거대한 자연을 피할 수 없고, 인간은 극한의 상황을 거스를 수 없으니.

　반면 비슷한 절망의 순간에서도 누군가는 악이 되는 것을 끝까지 부정하며 차라리 스스로 죽음을 선택하는 모습들을 확인한다. 역사적으로도 독립군과 친일파가 존재했듯이 누구에게나 가혹한 환경 속에서도 극명한 선과 악을 선택하는 차이는 바로 '나' 자신이기 때문이다. 즉 그들은 스스로 감당할 만한 힘을 잃었으며, 차라리 악의 탈을 쓰는 것을 선택한 것뿐이다. 이처럼 선택은 언제나 내가 어떤 사람인지를 보여 주는 데 탁월한 증명이 되었다. 오직 우리가 할 수 있는 것은 그 어떤 상황에서도 감당할 힘을 스스로 키우는 것뿐이다.

　"그렇게 선은 우리의 선택이 아닐지라도 악의 모습은 분명 나 자신에 의해 선택되었다."

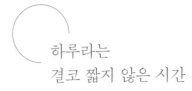

하루라는
결코 짧지 않은 시간

일상이란 익숙함에서 점점 멀어지려는 노력은 철학자 니체가
말한 "하루 3분의 2를 자신을 위해 쓰지 못하는 자들은 노예일
뿐이다."란 정언을 인정하고 받아들이는 것과도 같다.

지금도 죽음은 인간이 허투루 보낸 시간들 속에서 미소 지으
며 기다리고 있고, 속세에 이룬 부귀공명도 결국 한 평의 무덤에
자리 눕는 것만큼은 너무나도 공평하다.

시간의 공평함 속에서 얼마나 나를 위해, 내가 원한 시간들로
채워 가는지가 결국 삶의 후회를 결정한다.
매번 고개를 들어 경배하던 고층 건물들도 정작 하늘 위에서
바라보면 티끌과도 같이 작아 보이니 인간의 욕망이 얼마나 부
질없는가.

이제야 니체가 평생이 아닌 하루 3분의 2를 말한 이유를 알았다. 하루의 반복은 우리의 일상이 되며 인간의 죽음은 오직 일생에 단 한 번뿐이기 때문이었다.

　하루는 결코 짧지 않은 시간이다. '죽음'이란 마지막을 포함한 시간이니 말이다.

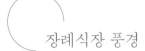

장례식장 풍경

죽은 이들은 알까.

평생 살아서는 타 보지 못한 8미터가 넘는 리무진에 실려 승화원에 온다는 걸.

고인은 어떤 감흥의 말도 없는데 마치 슬퍼할 시간도 사치라며 살아남은 이들은 이제 이 비용들을 걱정해야만 한다.

죽어서도 돈이 필요하다는 이 말도 안 되는 시스템은 대체 언제 생겼고 언제쯤 사라질까.
마지막 배웅길에 가족들의 이런 안쓰러운 모습을 지켜보며 떠나는 고인의 마음은 얼마나 쓸쓸할까.

이 모든 것은 대체 누구를 위한 장례 제도인가.

체취

　철없던 어린 시절 할머니와 할아버지에 대한 기억 한편에 극진히도 아껴 주신 사랑의 온정뿐만 아니라 두 분이 살았던 작은 공간에 대한 것도 생생하다. 그 방에서는 코를 찌르는 정체불명의 쿰쿰한 냄새가 났는데 매번 찾아뵐 때마다 손자를 품에 안고 싶어 하시던 할아버지의 마음을 알면서도 몸에서 느껴지는 그 알 수 없는 냄새가 싫어 잠시 안겼다가 금방 벗어나곤 했다. 아니 탈출이라고 표현을 해야 옳을지도 모른다.

　언제라도 그렇게 내 이름 석 자를 다정스레 불러 주실 것 같던 할아버지는 내가 고등학교 때 영면하셨고 더 이상 그분의 육성과 따뜻했던 품은 이 세상에 존재하지 않게 되었다. 당시 나는 어렸고 '죽음'이 가져오는 비탄함보다는 곁에서 엄마가 서럽게 우는 모습에 따라 울었다. 그 익숙했던 방 한편에서 평온하게 누워 계신 할아버지의 모습을 한참 바라보다 문득 그의 진한 체취가 사라졌음을 깨달았다. 그렇게 처음으로 이별을 온몸으로 체감했다.

그리고 몇 년 뒤, 허기진 손자를 위해라면 낮잠을 곤히 자다가도 벌떡 일어나서 라면을 끓여 주시던 할머니. 내가 축구라도 하다 다치고 돌아오면 누구보다 속상해하셨던 그분의 소중한 체취도 이제 더 이상 느낄 수 없게 되었다.

나이를 먹으면서 점차 나는 타인의 죽음을 통해 죽음을 받아들였지만 그 죽음이 대체 어디서 기다리고 있는지는 알 수 없었다. 시간이 지날수록 수많은 죽음을 접하고 나도 언젠가는 먼저 떠난 고인(故人)들처럼 죽게 될 것이란 사실은 분명해졌지만 그렇다고 해서 어느 하나 확실히 알게 된 건 없다. 오직 죽음은 평생 체험할 수 없는 것이고 그 문에 닿기 전까지는 계속 살아야만 한다는 사실뿐이다.

다만 이제야 두 분의 죽음 앞에서 엄마가 종일 울었던 이유를 알 것 같다. 우리가 죽음을 슬퍼하는 이유는 죽음을 충분히 이해해서가 아니라 일생의 한 시점에서 운명적으로 만난 사랑하는 사람과 마지막 이별을 인정해야만 하기 때문이다. 이처럼 타인의 죽음은 산 자에게 그 어떤 가르침보다 깊은 깨달음을 선사한다.

우리의 삶은 마치 저 분향소에 앞에 놓인 분향처럼 불꽃에 조금씩 녹아들며 자신의 마지막 생을 태우는 향과 같았고, 그렇게 그때 내가 느꼈던 할아버지와 할머니의 몸에 배인 체취는 쿰쿰한 악취가 아닌 '살.아.있.음.'을 증명하는, 세상에서 유일한 향이었던 것이다. 비록 그 분향의 마지막은 하얀 재일지라도 두 분이 평생 땀 흘려 흩뿌린 그 향만큼은 나의 코와 목을 지나 폐 속 깊이 담겨 있다. 숨을 다하는 그날까지 그분들의 따뜻한 품과 끓여주셨던 라면의 맛은 오랫동안 회고되며 간직될 것이다.

소중한 것은
보이지 않고
느껴지는 것

세상을 잘 살고 싶어 원하는 방향을 찾던 때가 종종 있었다.

'나에게 가장 소중한 것은 무엇일까?'라는 질문은 '어떻게 살아야 할까?'를 찾는 힌트가 되어 줄 것 같았고 그때마다 손에 잡히는 물질적 매개가 아닌 막연히 떠오르는 가치들이 있었다.

'사랑', '행복', '주체' 같은 누구에게나 소중할 것 같던 삶의 목적들이었다.

이런 목적을 달성하기 위해 필요한 것들이 무엇인가 고심하던 중 머리가 너무 복잡해져 버렸다.

그러다가 옆에서 차분히 마늘을 까고 계신 엄마에게 물었다.
"엄마에게 가장 소중한 건 뭐예요?"

"원상이 너 그리고 너와 함께한 시간들."

그랬구나. 나는 계속 수학 문제 풀 듯이 보이는 답을 찾아 나아갔는데 그게 아니었다. 진짜 소중한 건 눈에 보이는 것이 아닌, 언어로 설명할 수 있는 것이 아닌, 온몸으로 느낄 수 있는 당연한 것이었다.

철학자 사르트르의 말은 옳았다.

"눈앞의 실존은 기존에 내가 옳다고 믿어 왔던 모든 본질에 앞섰다."

이렇듯 소중하다는 건 어떤 가치나 목적이 아닌 어떤 존재 그리고 함께한 시간 같은, 무엇으로도 대체할 수 없는, 오롯이 느껴지는 것 그 자체였다.

트라우마의 잔상

　무더운 여름 날, 복날이라며 백숙 전문점을 방문했는데 만석
인지라 대기 시간이 너무 길었다. 하는 수 없이 바로 옆 가게에
들어갔는데 건물 자체가 공포영화에 나올 법한 허름한 모습에 1
층은 잡자재들로 가득했고 식당은 2층에 있었다.

　2층에 올라가 보니 100명은 족히 앉아도 될 법한 공간이었는
데 한산했다. 백숙은 조리시간이 길다 해서 삼계탕을 하나씩 시
키자 20분을 넘기지 않고 음식이 나왔다. 이미 점심시간을 넘긴
때인지라 허기가 져서 허겁지겁 닭을 뜯기 시작했다.

　헛개나무를 함께 넣어 육수가 거무스름한 게 특징이었는데 안
에는 해신탕처럼 전복과 문어가 들어 있었다. 닭은 연했고 육수
는 진해서 몸이 따뜻해짐을 느꼈는데 문어를 씹다가 이상한 냄
새와 촉감에 뱉어 버리고 말았다. 문어를 골라 빼 놓자 음식은 다
시 만족스러워졌고 거의 국물까지 바닥을 보일 때쯤 차라리 보
지 말았어야 할 것을 보고 말았다. 부디 생각했던 그 생명체가 아

니길 바랐는데 직접 꺼내서 확인해 보니 작은 구더기가 맞았다. 수저를 내려놓고 거의 다 빈 그릇을 바라보다 생각하기 싫었던 그때가 떠올랐다.

초등학교 5학년 때 친구와 놀다가 친구 어머니께서 운영하시는 식당에 들렀다. 아주머니께서 차려 주신 점심을 먹게 되었을 때였다. 아직도 생생히 떠오르는 게 큰 대접에 흰 쌀밥과 미역국이 담겨 있었고 밑반찬이 깔려 있었다. 그때 내 친구는 밥을 먹으려다가 수저를 놓으며 아주머니께 미역국을 새로 끓여 달라고 했는데 벌레인 하루살이가 들어 있었던 것이다. 아주머니께선 식당일로 바쁘셨는지 그것만 빼서 먹으라 하셨고 친구는 이런 걸 어찌 먹냐며 화를 냈다. 그때 내 대접에도 하루살이가 몇 마리 떠 있었는데 난 그것들을 밖으로 빼고 먹었다. 그러자 아주머니께서 나를 칭찬하며 원상이는 이렇게 잘 먹는데 넌 왜 이러냐며 친구를 다그쳤다.

그땐 몰랐지만 어린 시절의 나는 누구보다 인정욕구가 강했던 것 같다. 타인에게 칭찬이나 인정을 받고자 하는 심리인 파에톤 콤플렉스가 컸던 나는 어른들의 인정이 곧 나의 행동을 결정하는 내적 기준이 되었던 것이다. 인정을 받기 위해 마땅히 했던 당시의 비상식적인 행동은 오랜 기간 나를 괴롭혔다. 꼭 잊고 싶던 그때의 내 모습이 지속적으로 상기되었다. 바로 오늘처럼 먹지 말아야 할 것을 먹었을 때의 죄책감은 당장 주인을 불러 화를 내야 했지만 마치 미역국을 다 먹었던 그날처럼 '어쩔 수 없잖아.'란 자책으로 정리해 버렸다.

마찬가지로 상처를 가진 사람들에게 "잊어버려, 툴툴 털어내 버려." 같은 말이 얼마나 무의미하고 가혹한지 그들은 모른다. 마치 지금 당장의 이별이 어렵게 묻었던 과거의 모든 이별을 강제로 소환시키듯이 개인이 가진 트라우마는 그때의 강렬했던 상황을 반복시키고 또 조심스러워지게 하며 민감하게 만드니 말이다.

간밤에 시원하게 마셨던 물이 썩은 해골 물이었음을 알게 된 원효대사는 아침에 일어나 구역질을 하면서 결국 실체는 내가 마음먹기에 따라 달라진다는 큰 깨달음으로 이겨 냈다. 그런데 꽤 시간이 지난 지금까지도 그 구역질보다 강한 칭찬을 한 번 받고자 했던 작은 원상이가 안타까이 떠오른다. 깊은 상처는 우리의 바람보다 오랜 시간을 필요로 하나 보다.

작은 소견

소중함을 알고 싶다면 잃어버리면 되고,
설렘을 알고 싶다면 준비하는 나의 모습을 보면 된다.

얼마나 좋아하는지 알고 싶다면
다른 이성과 있는 그 사람을 상상하면 되고

진심으로 사랑하는지 알고 싶다면
나보다 그 사람이 먼저인지 생각하면 된다.

내가 어떤 사람인지 알고 싶다면
친구들이 내게 어렵게 건넨 말들을 떠올리면 되고
내가 얼마나 성숙한지 알고 싶다면
이별 후 얼마나 달라졌는지 상기하면 된다.

함께하는 개의 모습은
그 주인이 바라던 모습이다

현재 2029년 한국인의 사랑을 한 몸에 받고 있는 반려견은 전체 인구의 절반인 2,500만 마리나 되고, 과거 인간 중심적이던 주택들은 함께 사는 반려견들과 살아가는 공간으로 바뀌었다. 배설물 냄새를 저절로 흡수하는 벽지와, 각 방문은 움직임을 감지하는 광센서로 동물들이 지나갈 수 있도록 열고 닫아 주며, 특히 전용 샤워실에 들어가 간 개는 고주파로 물기 없이도 말끔해지는 공간까지 존재하게 되었다.

이런 반려 동물에 대한 변화는 시설의 개선뿐만 아니라 사회적 공생을 위한 관련 입법 제정 및 문제점들을 해결하고 합의해 왔다. 10년 전에는 누구나 원한다면 물건 구매하듯 반려견을 분양받을 수 있었으나 지금은 입양하기 전에 견주가 반드시 애견학교에서 일정 기간의 기초 동물학 수업을 듣고 기본적인 자격시험을 봐야만 한다. 특히 홀로 살면서 6시간 이상 집을 자주 비우는 사람에겐 새끼 분양이 불가능하다. 동물도 인간처럼 혼자 오랫동안 방치하면 위험한 상태로 몰아가는 학대와 다름없다는 이유며, 누군가를 사랑하려면 그만큼의 시간을 함께해야 한다는 자격과 책임이 필요하다는 취지다.

마침내 분양받은 반려견은 기본 정보가 담긴 칩을 달게 되고 가족 구성원으로 등록을 완료해야만 한다. 그리고 견주는 반려견 등록세를 지급함으로써 반려견에 대한 방임, 학대 및 유기 행위에 대한 관리 감독을 국가에서 책임진다. 10여 년 전 한 해 10만 마리의 개가 버려져 길가를 떠돌아다녀야만 했던 실상을 비교하면 지금은 자신들의 가족과 같은 개를 감히 버리는 즉시 견주는 엄격한 법적 처벌을 받게 된다. 또한 맹견에 대한 견주의 책임을 강화시켜 사람을 물었을 경우 최소 5년의 징역을 살게 되며 주인의 부주의로 살인을 방임할 경우 20년 이상이 선고된다.

무엇보다 10년 전과 달라진 점은 반려견에 대한 견주들의 인식이다. 매일 6명씩 개에게 물림사고가 발생하며 사망까지 발생한 가장 근본적인 이유는 개가 아닌 견주들의 무지와 무책임 때문임을 분명히 인식했다. 좁은 아파트에서 큰 개를 키우기로 서슴없이 결정하며 밀폐된 엘리베이터 공간 안에서 반려견을 안지도 않던 몰상식한 모습은 이제 볼 수 없다. 견주가 반려견에게 산책은 선택이 아닌 필수이며, 목줄을 해야 하는 이유가 반려견이 다른 개에게 물리거나 차도로 달려 나가는 위험에 빠지는 것을 막기 위해서라는 것을 충분히 인지하고 있기 때문이다.

"우리 개는 물지 않아요."란 뻔뻔한 모습들은 조용히 사라졌고, "물지 않는 개는 없어요. 아직 안 물었을 뿐이죠."란 말은 당연해졌다. 그렇게 함께하는 반려견의 모습은 그 주인이 바라던 모습이란 인식으로 널리 퍼졌다. 마치 스코틀랜드 어느 속담을 잊지 않겠단 다짐처럼 말이다.

"세상에 나쁜 날씨는 없다. 단지 준비 안 된 옷차림만 있을 뿐이다."

엄마는 병원 가는 것을
무척이나 싫어했다

　엄마는 병원 가는 것을 무척이나 싫어했다. 오른팔을 들어 올
리지도 못해 비명에 가까운 소리를 내면서도 병원에 가자는 아
들의 말보다 매번 '다음에' 간다는 지키지도 못할 대답뿐이었다.
어떻게든 데려가야겠다며 강한 어조로 잔소리를 했는데 매달 꼬
박꼬박 실비 보험을 보험사에 내면서도 병원에 가지 않는 엄마
의 고집보다 그냥 아픈 엄마가 싫었다.
　엄마는 언제나 누구보다 일찍 일어났고, 늦게 잤으며, 아픈 내
곁을 지켜주던 영원한 건강함을 의미했는데 이제는 자신의 팔
하나 건사하지 못하고 세월 앞에 주저앉은 한 소녀의 모습이 떠
올라 나도 모르게 슬픔을 감추고자 화를 내고 말았다.

　아마도 엄마는 내게서 조금이라도 아픈 모습이 보였다면 누구
보다 병원에 가라며 화를 냈을 것이다. 그런데 정작 본인의 몸 하
나 제대로 간수하지 못하는 사람이 자신보다 한참 젊고 건강한

261

데도 자식의 몸 상태는 물론 미묘한 심적 변화까지 온 신경을 쓰
며 파악하는 집중력은 매번 놀랍기만 하다.

　어느 날 문득 TV를 보다 곤히 잠든 엄마의 모습을 한참 바라
보았다. 액자에 걸린 그녀의 40대 모습과 비교하면 어느새 풍성
하던 머리숱은 중력조차 이기지 못할 만큼 약해졌고, 생기 있던
검은 머릿결도 계절의 끝을 알리는 하얀 눈으로 덮여 갔다. 두툼
하던 눈 밑의 지방은 어디로 가고 성실히 살아 온 세월의 풍파로
깎인 절벽과 같았다. 자식을 먹여 살리던 생명의 가슴은 바람 빠
진 풍선마냥 처져 버렸고, 살아 있다는 손등 위 핏줄보다 많은
주름이 고생의 흔적으로 남아 있었다. 어디든 나를 보러 달려왔
던 무쇠 다리는 단이 낮은 계단 앞에서도 잠시 주저하며 옆에 잡
을 것을 찾아야만 하는 나약한 존재가 되어 있었다.

　인생에서 가장 먼저 배우는 단어인 '엄마'라는 이름은 인간으
로서 할 수 있는 최고의 사랑이 무엇인지 알려 준 유일한 것이다.
단지 그분의 몸 밖으로 나왔다는 이유만으로도 나는 엄마의 잠
을 수시로 깨우고 먹을 것을 달라 울어댔으며, 아무 곳에나 배변
을 해도 언제나 그녀의 따뜻함을 강요할 수 있던 이기적인 존재
였다. 엄마는 그렇게 평생 '사랑'이란 무엇인지를 일깨우려 실천
해 왔는데 나는 도리어 일찍부터 사랑을 받는 존재의 편의성에

매몰되어 자식이란 이름으로 당연함에 익숙해져 버렸다.

언제나 눈을 뜨면 내 눈 앞에 존재했던 무적 같은 엄마가 이제는 점차 본인의 의지와 다르게 눈을 감고 몸을 쉬게 하는 잠을 청해야만 회복할 수 있는 때가 온 것이다. 그리고 점차 눈을 감아야만 하는 횟수는 많아지고 눈을 뜨는 시간은 줄어드는 시간이 늘어나고 있었다. 내 삶의 기둥이자 빛이며 따뜻함이던 "엄마"를 불러도 대답 없을 그 시간이 가까이 다가오고 있었다.

오늘은 그런 엄마를 위해 대신 저녁을 준비해야겠다.

인간의 어리석음

매번 피곤하다면서 꾸준히 과로하며
해롭단 걸 알면서도 평생 흡연을 하고
취하면 추해짐을 알면서도 과음을 하고
죽을 수도 있다는 걸 알면서 과속을 한다.

가슴 아플 걸 알면서도 뜨겁게 사랑을 하고
못 지킬 걸 알면서도 서슴없이 약속하고
후회할 걸 알면서도 야식에 손이 가고
영원할 수 없단 걸 알면서도 사랑하는 사람에게 소홀하다.

아마도 이런 어리석음들은 지금보다 우리가 더 겸손하게 살아
야 하는 모든 이유가 되는지도 모른다.

나는 살고 싶었어요. 엄마

전교 1등, 전국 4,000등의 수재라는 주위의 칭찬을 들었지만 그 순위도 모자라 60위로 성적을 위조하면서까지 피라미드 꼭대기로 기어가야만 했던 나였다.

사흘째였다. 따뜻한 밥은커녕 제공되는 물만 허용되는 그곳에서 나는 잠도 잘 수 없었다. 공부라는 나와의 싸움이 아니라 나를 24시간 감시하는 엄마 때문이었다.

한 10분인가 나도 모르게 졸았던 것 같다. 그리고 나는 골프채로 200대를 맞았다. 내 바지와 골프채에는 선홍빛 피가 물들었고, 내 엉덩이는 흉물처럼 짝짝이가 되었다.

아빠는 5년 전 엄마의 집착이 무서워 집을 나갔다. 학교에 찾아와 수업을 잘 받는지 감시하던 엄마는 복도에서 나의 뺨을 때릴 만큼 괴물이었다.

안방에서 잠든 엄마를 보고 누군가 내게 말했다.

"살고 싶다면 죽여야 해."

내 손에는 칼이 쥐어져 있었고 즉사를 위해 찌른 엄마의 눈에는 피가 흘러내렸어. 그리고 잠시 엄마와 몸싸움을 한 뒤 처음이자 마지막으로 엄마와 대화를 나누었어.

"이렇게 하면 넌 정상적으로 살아갈 수 없어. 대체 왜 그래?"

"이대로 가면 엄마가 나를 죽일 것 같아서 그래. 지금 엄마는 모르는 게 너무 많아. 엄마 미안해."

그렇게 둘은 함께 울었다. 그리고 8개월간 엄마의 사체는 방치되었으며, 나는 구속되었다. 그들은 죽은 엄마의 사체에 한 번 놀라고, 내 온몸을 보고 두 번 놀랐다.

초등학교 5학년 때부터 폭행을 당해 온 나의 몸은 연분홍 살색보다 짙은 보라색이 더욱 많았고 귀는 들리지 않은 지 오래되었다.

엄마가 원했던 '서울대' 그리고 '외교관'이란 꿈을 위해 포기해야 했던 내 몸과 마음의 상처보다 가슴 아픈 것은 서로 마주 보며 웃는 '엄마의 사랑'을 단 한 번도 받지 못했다는 것이다.

감옥에 있으면서 나는 깨달았고 친구에게 이런 글을 남겼다.

"부모는 멀리 보라고 하지만 학부모는 앞만 보라고 한다. 부모는 함께 가라고 하지만 학부모는 앞서 가라고 한다. 부모는 꿈을 꾸라고 하지만 학부모는 꿈 꿀 시간을 주지 않는다."

밤 11시를 넘긴 시간. 일찍 잠들어도 이상하지 않은 시간이었다. 안타까운 기사를 읽고 먹먹한 마음을 어찌할 줄 몰라 집 앞 공원으로 바람을 쐬러 나섰다. 횡단보도 앞에 정차한 노란 학원 버스에서 한 아이가 내리는 게 보였다. 본인의 몸보다 훨씬 큰 가방을 메고 세상 처량한 표정을 짓고 있었다. 자신을 기다린 엄마에게 다가간 소년의 첫마디는 "엄마 배고파."였다. 그러나 되돌아온 엄마의 대답은 "오늘 공부 어땠어?"였다.

아들의 배고픔보다, 수업 태도를 체크하는 것이 먼저였던 엄마의 얼굴에는 구름에 반쯤 가려진 달빛이 표독스레 비쳤다. 앞만 보고, 앞서가야 하고, 꿈도 못 꿀 시간들로 채우려는 한 아이의 학부모였다.

*위 모범생의 모친 살해 이야기는 실제 사건을 토대로 하였으며, 작가에 의해 1인칭 주인공 시점으로 바꿔 전달하였습니다.

6

좋은 사람을 찾는 것보다
좋은 관계를 맺는 것이 중요하다

좋은 불편함의 실체

'끌림'이 바람이라면
'편안함'은 구름이다.

바람은 느낄 수 있지만
구름은 보고 또 바라보게 한다.

바람은 금세 사라지지만
구름은 끝내 나를 적신다.

끌림은 혼돈을 가져오지만
편안함은 확신을 안겨 준다.
우리가 끌림에 이끌리는 이유는 본능 때문이지만
우리가 편안함을 느끼는 이유는 감성의 교감 때문이다.

본능은 순간의 충동으로 끝나지만
감성은 태초의 기억을 답습한다.

이처럼 상대에게 느껴지는 '좋은 불편함'과 '편안함'의 차이는 확연히 구분된다. 덧붙이자면 불편함에 '좋은'이 붙는다는 것은 그 어떤 감정보다 확실한 불편함을 느끼면서도 작은 '기대감'이 공존하는 상태이다. 그리고 그 기대감은 보통 상대를 조금 더 알아 가고 싶단 강한 자극에 스스로 반응함으로써 누군가는 이 질감에 멈추거나 또는 치명적인 '끌림'으로 체결되기도 한다.(나쁜 남자가 매력이 있다는 모순된 의미와 통용될 수 있다.) 당연히 나쁜 끌림이란 것은 존재하지 않듯이 불편함에 '좋은'도 붙을 수 없다.

즉 그에겐 무언가 특별함이 있다고 믿는 크나큰 착각이며 앞으로 위험한 관계가 시작될 수도 있다는 주황색 신호다.

열쇠 하나를
갖기 위해
가졌던 마음

마음에 맞는 한 사람의 소중함이 얼마나 큰지 온몸으로 느끼는 하루가 또 지나간다. 그토록 바라던 한 사람에게 간절함이 닿아 마침내 열리는 순간은 기적과도 같은 경험이었다.

마치 저 보이지도 않는 심해 바닥 어딘가에 존재할 것 같은 황금 열쇠를 찾아 낸 놀라움처럼 말이다.

그때 과연 존재할지도 모를 그 무언가를 위해 할 수 있는 최선을 다했을 것이다. 숨이 다할 때까지 수만 번을 잠수해 찾아보거나 이 바닷물을 죄다 퍼내 버려야만 그 끝을 볼 수 있던 투쟁 같은 치열함이었을 테니.

만약 처음 그 열쇠 하나를 갖기 위해 가졌던 마음만 지켜낸다면 우리들의 관계는 조금 달라지지 않았을까 하는 안타까움과

후회도 흘려 보낸다. 그리고 지나간 것에 대한 아쉬움보다 중요
한 마음 하나를 상기한다.

평생을 살면서 우리 손에 쥘 수 있는 열쇠는 생각보다 적을지
도 모른다. 그 소중한 걸 서로가 그토록 어렵게 얻었지만 또 너무
쉽게 잃어버린다.

어떤 사람

이해가 안 되지만 이해하고 싶은 사람

이해가 돼도 이해하기 싫은 사람

좋아하진 않지만 생각나는 사람

끌리지만 정작 만나긴 두려운 사람

다가가고 싶지만 멀리서 바라만 봐야 하는 사람

가까이 다가올수록 뒷걸음질 치게 되는 사람

다시는 만날 수 없단 걸 알면서도 기다리게 되는 사람

분명 곁에 있지만 점점 외롭게 만드는 사람

짧은 시간이었지만 종일 궁금하게 만드는 사람

함께여서 행복했지만 다시는 마주치기 싫은 사람

과연 당신에게 난 어떤 사람이었을까.

침묵의 대화

굳이 말이 없어도 불편하지 않은 사이가 존재한다. 서로의 공백을 메우려 애쓰지 않아도 되는 침묵이 가능한 사이다. 물론 서로의 대화가 필요한 상황이 아닌, 때때로 필요한 순간을 말한다.

침묵은 공기의 온도, 무게, 농도 그리고 탁함처럼 오직 느껴질 뿐이다. 해서 침묵의 대화는 보다 깊고 예리하며 솔직하다. 침묵은 인간이 모든 감정을 표현할 수 없는 언어를 대변하기도 한다.

일렁이는 해가 주춤해지고 충전이 필요한 신호를 온 세상에 흩뿌릴 때, 우연히 마주한 당신이란 사람의 아름다움을 어떻게든 표현해야만 할 때, 당신에게 이 세상의 언어로는 진지함과 성의를 전달할 방법이 없을 때, 평생 마음에도 없는 말을 하며 살았지만 당신에게만큼은 신중해지고 싶을 때 침묵은 저 산처럼 묵묵하지만 의미 없는 말보다 사뭇 진중하다.

해서 누군가가 당신 앞에서 잠시 침묵을 지킨다고 해서 자신의 표현을 멈춘 것은 결코 아니었다.

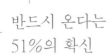

반드시 온다는
51%의 확신

관계에서 가장 중요한 '기대'와 '약속'을 구분하지 못하는 이들이 아직 존재한다. 특히 소중한 관계에서 서로는 어떤 것을 약속하고 또 기대하는데 보통 만족보다는 실망이 큰 이유는 이 둘이 바라보는 시선이 조금은 달랐기 때문이다.

기대라는 건 누군가와 약속을 했을 때 상대를 기다리는 마음과도 같다. 그는 반드시 온다는 51% 이상의 확신이 존재할 때 그자리를 지킨다. 여기서 확신이란 오롯이 내가 부여한 막연한 추정이자 믿음이다. 상대는 반드시 올 거라는 아주 주관적인 나의 추측일 뿐이다.

그러나 약속은 다르다. 둘만의 합의고 도출이다. 며칠 몇 시까지 반드시 만나기 위해 모든 것을 비워 둔 실행이다. 그렇기에 "약속할게."라는 말은 단순히 앞으로 도전해 보겠단 의지 표명이 아닌 상대에게는 하나의 계약과 같은 신뢰 평가를 부여한다. 이런 약속의 중요함을 무시하고 누구는 매번 무책임한 의지만 던진 채 그 불편한 순간을 넘기려 한다. 마치 "언제 밥 한번 먹자."는 의미 없는 인사말처럼 매사 가볍게 여기고 서로의 관계를 퇴행시키는 오류를 반복적으로 자행한다.

보통 기대는 오직 믿을 수 있는 사람에게만 주어지는 기회이며, 우린 결코 아무에게나 기대하진 않는다. 이렇듯 기대란 51%의 확신만 있다면 약속을 하게 되지만, 소위 어른들의 약속은 반드시 지킬 수 있는 사람끼리만 하게 되는 것이다.

그렇다면 기대의 반대말은 대체 무엇일까?

당신에게 기대한다는 건 당신을 기다리는 마음과도 같다. 당신은 반드시 온다는 51% 이상의 확신이 존재할 때 그 누구의 말이 아니라 오직 나의 믿음만으로 그 자리를 지켰듯이 말이다. 그래서 기대의 반대말은 여지가 남은 '실망'이 아닌 0을 뜻하는 '절망'이어야 할지도 모른다.

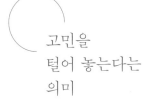

고민을
털어 놓는다는
의미

과거에는 고민 곁에 해답이 숨어 있다 믿었다. 어딘가에 있지만 아직 내가 찾지 못한 보물처럼 말이다.

시간이 지나고 보니 고민은 답이 없기에 생겨난 답답함임을 알게 되었다. 그러다 보니 가장 친한 사람에게 함께 찾자며 털어 놓던 고민을 이제 홀로 안게 되었다.

어느 날 한 친구는 자신의 깊은 속사정을 이야기해 주었고 그 고민을 듣고 난 뒤 나는 깨달았다. 그동안 내가 누군가에게 고민을 이야기한 건 어떤 문제를 해결하기 위함이 아니었다는 걸. 사실 당사자보다 그 질문에 대해 오랜 시간 동안 깊이 생각해 본 사람은 없을 테니.

'나에게도 아직 이런 고민을 이야기할 만큼 신뢰하는 사람이

존재하는구나.'

누군가 나에게 깊은 고민을 이야기해 준다는 건 이런 삶의 무
게를 홀로 짊어지고 있지 않다는 위안을 확인하고 싶다는 뜻인
지도 모르겠다.

그래서일까 그다음부터는 누군가 내게 다가와 고민을 털어놓
을 때마다 나에 대한 작은 신뢰도 함께 고백하고 가는 것과 같이
여겨졌다.

서로 동등해질 때
사랑이다

우연찮게 길거리에서 말다툼을 벌이는 커플을 보게 된다.

서로의 주장이 맞서는 모습이 아닌 일방적으로 몰아붙이는 모습을 보고 있자면 마치 아이를 꾸짖는 부모의 모습과도 같았다.

그도 그럴 것이 면전에서 잘못을 바로 지적하는 상대의 태도는 마치 가던 길을 멈추게 하고 단속 딱지를 끊는 처벌적 행위와 다를 바 없기 때문이다.

사랑의 관계는 모든 것을 초월한 독립적인 존재끼리 해야 하지만 어느새 본인은 심사자가 되어 높은 곳에서 바라보며 상대방을 심사 대상으로 여기고 있다. 그러다 보니 무조건적으로 존중해야 할 동등한 위치를 결국 무너뜨린다.

간혹 누군가는 자신의 부모 같은 사람을 이상형이라고 말하기도 하지만 분명한 건 그 누구도 부모처럼 굴려는 사람과 사귀는 걸 원치 않는단 사실이다.

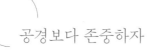

공경보다 존중하자

지나가는 어른에게 무조건 인사를 시키는 부모들을 본다. 아이는 왜 해야 하는지 모르지만 부모의 강압에 결국 고개를 숙여 예를 다한다. 그러면 어른들은 "착하네."란 칭찬을 잊지 않는다.

"과연 그 아이는 존경의 의미를 알고 90도로 허리까지 접어 가며 인사하는 것일까?"

우린 어렸을 때부터 어른을 '공경'하라고 배워 왔다. 나이가 많은 사람을 받들어 모시란 의미일 것이다.

그러나 이런 공경의 부작용은 주변에서 쉽게 찾을 수 있다. 지하철에서 소란스레 고성을 지르는 나이 지긋한 어른을 향해 젊은이가 양해를 구하면 어느덧 그에게 몇 살인지를 묻고 버르장머리라는 단어가 나온다. 이 사회에서 어른이란 호칭 이면에는 윗사람이란 하나의 권력자 위치가 존재하는 것이다.

단지 누구보다 먼저 들어왔단 이유로, 먼저 태어났다는 이유로, 이런 공경의 불투명한 사유들은 모두에게 일률적인 마땅함으로 몸에 입혀진다.

왜 어른이 아이에게 먼저 인사를 건넬 수는 없는지, 선임은 후배의 인사를 기다려야만 하는지 그 누구도 알려 준 적이 없다. 그토록 중요시하는 교육 안에는 '왜'라는 이유가 무엇보다 중요했는데도 말이다.

애초부터 '공경'이 아닌 '존중'을 먼저 가르쳐야 했다. 공경은 태어남과 동시에 관행대로 주입된 습관이었고, 존중은 말 그대로 상대방의 가치를 인정하고 귀하게 생각하는 마음이다.

공경이란 세뇌를 중심으로 하는 구시대적 교육세습이지만, 존중이란 서로의 존재가치를 중심에 둔, 지금 가장 필요한 인성 교육이다.

남을 높여야만 하면 내가 반드시 낮아져야 한다. 하나 남을 소중하게 생각하면 나 또한 소중한 존재가 된다. 이제라도 건강한 사회를 위해서는 무조건적 공경보다는 누구라도 동등하고 솔직해질 수 있는 존중이 당연시되어야 한다.

작은 서운함

등산을 하다가 왼쪽 발바닥에서 무언가를 느꼈다. 아주 작은 돌멩이 하나가 들어간 것이다.

방금 꽉 멘 신발을 벗는 게 귀찮기도 하고, 동행들과 뒤처지기 싫어 조금 더 걸어 올라갔다.

한 시간을 올라가서야 잠시 쉬기로 했다. 숨을 쉬라는 폐의 활동이 더뎌지고, 피를 빨리 순환시키라는 심장이 평심을 찾자 왼쪽 발의 통증으로 모든 감각이 집중되었다.

모래만큼 작던 그 존재는 발을 보호하던 양말을 뚫고 깊숙이 박혀 살을 찢어내고 말았다.

생각해 보니 인간의 서운함도 마치 이 작은 돌멩이와 다르지 않았다.

  잠시 가볍게 여기고 방치했던 서운함은 내 마음 여기저기서 거치적거리다가 가장 약한 부분에 정착하여 관계를 도려내는 원인이 되었다.

  신발 속에 들어간 작은 돌멩이를 반드시 빼내야만 하듯이 마음 안에 있는 작은 서운함도 미루지 말고 당장 꺼내야만 한다.

  언제 그 돌멩이 하나가 잘게 부서진 모래폭풍이 되어 한 줌의 수분마저 허락지 않는 관계 속 메마름이 될지도 모르니.

기다림

　상대는 이미 화가 단단히 나 있었고 그가 강하게 뱉은 말들 속에서는 짙은 오해가 가득했다. 그러나 서로 할 말만 하는 대화를 피하고 차라리 조용히 들어 주는 것을 택했다. 아니 어쩌면 내가 해 주고 싶은 말을 잠시 속으로 정리하고 있었는지 모른다.

　잘 생각해 보면 뿌옇게 혼탁한 물에서 내가 할 수 있는 유일함은 기다림뿐이었다. 그 충분한 기다림 후에야 비로소 물은 깨끗해지고, 뿌연 속을 바라볼 수 있었고, 원하던 것도 손쉽게 건져 낼 수 있었다.

　그래서 나는 잠시 당신을 기다린다. 당신의 마음난리 앞에서 혼탁함을 탓하며 같이 휘젓는 것이 아니라 내가 할 수 있는 최선은 잠시 동안 당신의 말에 귀 기울이며 기다리는 것뿐이었다.

　기다림은 앞으로 나아질 거란 기대이고, 잘될 거란 긍정적인 희망이며, 그저 떠나 버리는 무책임이 아니라 변치 않겠단 당신 곁에 머무름이다.

답장에 대한 의미

답장이 매번 늦다는 것은
당신이 다른 것보다 우선이 아니라는 뜻이고,

답장이 매번 단답인 것은
차마 답까지 안 하기에는 미안한 사이며,

답장 속에 질문이 없다는 것은
당신과의 대화가 즐겁지 않다는 것이고,

진작 읽고도 하루 지나도록 답장이 없다면
더 이상 노력하며 연락하지 않아도 될 사이라는 의미다.

"보낸 마음에 대한 답장 속에는 이미 충분히 의사가 존재했다."

새로운 호의를 찾아
떠도는 사람들

받음이 익숙한 사람은 기다리는 자가 되고
호의를 건네는 사람은 준비하는 자가 된다.

매번 기다리는 자는 언제고 받는 것이 당연해지고
매번 준비하는 자는 언젠가 지치기 마련이다.

가장 뒤늦게 일어나서 식탁에 앉는 자와
먼저 일어나 먹을 것을 차려 놓는 자.

단 한 번도 누군가를 위해 부지런해 보지 못한 자는
평생 누군가가 준비했던 그 수고들을 알아차리지 못한다.
오직 그 호의가 지쳐 멈출 때 평가 내려진다.
"그럼 그렇지 너도 변할 줄 알았어."

변한 게 아니라 지친 것인지도 모르며
새로운 호의를 찾아 떠도는 사람들.

슬픈 사실은 호의는 그렇게 호구가 되고
그 호구는 앞으로 건넬 호의를 두려워한다는 것이다.

점차 따뜻한 호의를 발산하는 사람이 줄어들고
엄마 같은 사랑을 기다리는 자만 많아지는 이유다.

한 번이라도 누군가를 위해 따뜻함을 발산하지 못한 사람은
뜨거운 해 없이는 빛날 수 없는 저 차디찬 달과 다르지 않다.

매듭

  오른쪽 신발의 매듭이 풀려 버렸다. 하필 왼팔 깁스를 한 상태라서 생전 처음으로 오른손 하나로 매듭을 매야만 하는 상황이되었다. 분명히 다섯 손가락은 온전했지만 잡아야 할 끈은 두 개였고 한 손으로만 묶기에는 될 듯 말 듯 약만 올리고 여간 쉽지않았다. 신기하게도 다친 팔에 대한 원망이 아닌, 괜히 온전했던한 손으로도 마음처럼 되지 않는 상황에 답답함과 억울함이 교차했다.

  생각해 보니 매번 그랬다. 상대의 거부보다 매번 내가 부족해서 되지 않았음을 자책하곤 했다. 분명 아무리 노력한다 해도 불가능한 것은 반드시 존재했는데 말이다. 혼자 아무리 용을 쓰고매듭을 매어 보려고 해도 튼튼하게 묶일 리가 없었다. 겨우겨우묶었다고 믿었지만 매번 그 매듭은 금방 풀렸으니 말이다. 그 매듭의 완성은 오직 자유롭고 건강한 두 손으로만 가능했는데 말이다.

어느 날 갑자기 단단히 두 손으로 묶었다고 믿었던 매듭도 그 믿음을 테스트받을 때가 있다.

그래서 달리기 선수도 운동화를 신고 바로 달리는 것이 아니라 운동화의 매듭을 다시 확인하는 사전 준비가 꼭 필요하듯이 말이다.

홀로 아무리 묶으려 애써 봤자 매듭은 반드시 풀리기 마련이었고, 매번 꽉 매였단 확인 없는 확신은 결국 전력질주 한 번 못해 보고 멈춰야만 하는 이유가 되어 버렸다.

양쪽의 '믿음'이란 구멍을 잘 관통시키는 것, '신뢰'라는 매듭을 완성하는 것, 그리고 무사히 도착할 때까지 서로 붙잡는 '애절함'을 잊지 않는 것. 이 3박자가 함께 맞을 때 우리는 더 오래 멀리 뛰어갈 수 있다.

관계의 법칙

보통 먼저 연락하는 사람은 대화를 원했고, 매번 답장만 하는 사람은 용건에 주목했다.

먼저 연락을 하는 사람은 그들의 안부를 주로 물었지만, 오는 연락이 익숙했던 사람들은 용건 없는 연락에 익숙지 않았다.

몇 번의 안부와 대화 시도 속에는 친해지고 싶단 의사가 포함되어 있었고, 늦어지는 답장과 질문 없는 짧은 대화들은 친해질 수 없음을 시사했다.

먼저 다가가야 친해질 수 있는 사람과, 누군가 다가와야 친해질 수 있는 사람 사이에서 '적당히'는 언제나 핑계가 되어 더 이상을 멈추도록 하였고, 다가간 나에게 오직 마중 나온 사람과만 관계가 체결될 수 있었다.

매일 쌓여 있는 단톡방의 수백 개의 이야기가 아니라, 내일이면 금세 잊힐 무의미한 검은 텍스트들이 아니라, 우린 매일을 함께 기록하고 싶은 누군가와의 오랜 대화를 기대한다.

GOOD BYE

　누군가를 처음 만났던 순간들을 회상해 보면 예측 가능했던 상황은 단 한 번도 없었다.

　그 친구를 만났다는 사실 뒤에는 같은 학년 10개의 교실 중에서 50명이나 되는 사람 중 하필 네가 내 옆에 앉았던 확률이고, 그녀를 만났다는 사실 뒤에는 군대를 제대하고 복학 시기를 고민하던 나와 어떤 학교와 과를 선택하고 편입한 당신이 있었다.

　우리에게 손꼽히는 몇몇의 비중 있는 인물을 만나기 위해 길게는 몇 번의 인생을 거쳤는지 아무도 모른다.

　이런 반복되는 만남과 이별의 반복 속에 나의 관계와 사랑만큼은 무사하기를 매일 기도하지만 신은 그저 언제나 대가를 소중히 여겼고 시간에 상관없이 스쳐간 흔적들에 의미만 남겼다.

　그래서 인연은 기다리는 게 아니라 마땅히 만나지는 것이었고, 애써 붙잡는 것이 아니라 그저 머물러지는 것인지도 모른다.

"그저 스쳐 지나가게 두는 것."

이런 만남의 그림자 뒤에는 '놓아주는 마음'이란 처연함이 필요했다. 언젠가는 반드시 내 곁을 떠나가야만 하는 소중한 존재에게 해 줄 수 있는 최선은 애써 붙잡는 노력이 아닌 놓아주는 큰마음이란 걸 뒤늦게 깨달았다.

인연은 서로가 얼마나 어렵게 만났는지를 상기시키지만 언제 풀릴지 모를 매듭으로 묶인 저주이기도 했으며, 사랑은 가장 뜨거웠던 꽃봉오리를 피우는 데 일조했지만 붙잡아야 한다는 두려움만으로도 이 소중함을 떨구기 시작했다.

그렇게 우린 한 번쯤 서로에게 잊히지 않을 꽃을 피워 냈고 비록 그 꽃이 졌다 해서 품었던 잔향마저 사라진 건 아니었으니 말이다.

굳이 기억되려 하지 말고 기억되는 것이기에 그저 스쳐지나가도록 끝까지 지켜봐 주는 것. 그래서 "Good bye!"는 절대 나약하지 않은 배웅이었다.

"Good bye!"

나다움을 지킬 권리는
평범해지는 것을 허락하지 않는 것이다

남들처럼 평범하게 살고 싶다는 소망을 평생 한 번도 가져 보지 않은 사람은 아마도 없을 것이다. 어느 날 다난했던 하루를 보낸 뒤 바라본 그들의 모습은 무엇보다 내게 닥친 불행만큼은 피해 간 무난한 하루처럼 보였다. 그들처럼 보통의 삶을 산다는 것만으로도 특별할 수 있음을 때로 느끼지만 절대 그들처럼 평범하게 살고 싶지는 않았다.

보통의, 흔하고, 일반적이란 뜻을 가진 '평범하다'란 말은 나와 타인의 삶이 경계 속에서 얼마나 일치하는지로 정해진다. 실제로 '평범하다'를 뜻하는 Ordinary의 어원은 베틀 위에 같은 간격으로 놓인 줄을 뜻하며, 나의 줄이 양쪽 다른 줄 사이에서 얼마나 질서 정연한지가 중요했다. 즉 모든 기준은 내가 아닌 주변에 놓인 나였다.

내가 그들과 일치시키면 지극히 평범해지는 것이며, 내가 그들과 조금이라도 달라지면 이상해지는 것.

이건 나의 일상 속에서도 얼마나 규칙적인지를 뜻하듯이 정해진 시간표대로 얼마나 잘 수행했는지를 의미하기도 한다. 마치 공장의 작업자들처럼 50분을 일하고 10분을 쉬어 가며 똑같이 8시간 근무하고 같은 메뉴의 점심을 먹을 때처럼 말이다.

내가 가진 색다름이 없다는 '평범하다'란 의미는 살고 있는 것이 아닌 살아질 때 더욱 분명해진다. 내가 원하는 것을 선택함으로써 살고 있음을 느끼게 되는 것과 달리 그들이 원하며 흔하고 가장 많이 사용되는 선택들을 따라가는 살아짐을 분명히 구분해야만 했다.

이렇듯 평범함의 반대말은 화려한 게 아니라 바로 나다움이었다. 오직 나만이 가지는 나다움을 잃어 갈 때 우리는 평범해진다. 누구든 각자가 선택한 것을 누릴 때 보다 특별해지며, 흔한 어떤 비슷함에 매몰되려 할 때 가장 평범해진다.

"나다움을 지킬 권리는 바로 평범해지는 것을 허락하지 않는 것으로 시작했다."

가장 나다운 글을 쓴 어느 날 강원상